MARKUS DIETRICH

INVISIBLE SUE

PLÖTZLICH UNSICHTBAR

Eichenweg 21a · D-69198 Schriesheim
www.360grad-verlag.de
www.facebook.com/360GradVerlag/
www.instagram.com/360gradverlag_bestbooks/

Produktion des Films: Ostlicht Filmproduktion GmbH, Weimar

Umschlag und Satz: Helmut Schaffer, Hofheim a.Ts.
Druck: CPI books GmbH, Leck

ISBN 978-3-96185-761-6

Printed in Germany

2 4 5 3 1

www.facebook.com/invisiblesue
www.invisiblesue.de

MARKUS DIETRICH

INVISIBLE SUE

PLÖTZLICH UNSICHTBAR

Das Buch zum Film

360 grad

MEIN NAME IST SUE

– Aus meinem Tagebuch –

Mein Name ist Sue, ich bin zwölf Jahre alt, groß, also normal groß, schlank – aber nicht so übelst schlank wie Eileen oder all die anderen Barbies aus meiner Klasse. Für die bin ich wahrscheinlich eher fett. Na ja. Was soll's. Schokolade ist nun mal ganz lecker.

Ich habe langes, rotbraunes Haar, leider viel zu dünn, keine Freunde und bin in der Schule mittelgut. Also so gut, dass niemand Fragen stellt. Aber auch nicht so gut, dass ich überall Einsen habe. Geschwister habe ich keine, was gut ist. Ich glaube, Papa wollte immer noch ein Kind, aber Mama ist ja nie da und arbeitet immer. Und wenn man nicht da ist, na dann kann das auch nichts werden mit den Babys. Es sei denn, sie werden doch vom Storch gebracht. Haha.

Was soll ich noch sagen? Was sagt man so, wenn man sich selbst vorstellt? Ich kann nicht singen, aber dafür ganz gut malen, ich mache keinen Sport. Zu anstrengend. Außerdem komme ich im Sportunterricht nicht mal die Stangen hoch. Und werfen kann ich auch nicht. Was aber an Papas Genen liegt, der ist da auch echt 'ne Niete. Ich lese gerne und viel, gehe ins Kino und schaue mit meinem Papa Filme, die ich eigentlich noch nicht sehen darf. Was Mama nicht weiß. Ansonsten … Ich bin ein Niemand. Die Lehrer können sich nicht mal meinen Namen richtig merken. Was egal ist, ich weiß zum Beispiel auch nicht, wie unser Mathe-

lehrer heißt. Interessiert mich aber auch nicht. So wie Mode. Ich hasse einkaufen. Außerdem habe ich sowieso nur Pullis mit Kapuze. Die sind cool.

Ich liebe Comics, vor allem Superhelden-Comics, und meine Lieblingsfigur ist Supermoon – kennt kaum jemand, ich weiß, aber Supermoon ist die beste Superheldin der Welt. Wer braucht schon Batman oder Superman? Immer wenn ich Zeit habe, also oft, lese ich in diesen Comics. Ich wäre so gern eine echte Superheldin. Dann würde sich endlich auch mal jemand für mich interessieren. Aber meine einzige Superkraft ist, dass ich Geschichten spinnen kann. Sagt mein Vater. Und dass sich niemand an mich erinnert. Oder an meinen Namen. Na ja … Eine Dose Mitleid. Zisch. Wird schon, sagt Papa immer.

Vielleicht auch nicht. Ich lese jetzt erst mal 'ne Runde Comic. Der Rest kann mich mal. Tschüß. Sue. Out.

Supermoon

Es schien beinahe so, als wäre sie unsichtbar. Als würde sie nicht existieren. Sogar die fleißigen Kellner stolperten beinahe über sie, konnten im letzten Moment die klirrenden Gläser geschickt auf dem Tablett ausbalancieren, drehten sich kurz um, sahen das weißäugige Mädchen irritiert an und huschten weiter.

Theodora Summers, das vierzehnjährige blasse Mädchen, das von allen immer nur abfällig T gerufen wurde, stand am Rand der Party und beobachtete das hektische Treiben am Ufer des Lake Parker. Es war wie jedes Jahr beim Abschlussfest der Markholm High. Die angesagtesten Schüler tanzten in der Mitte, riefen sich übertrieben laut Sätze wie »Ich bin ja so cool« oder »Mein Vater ist so reich« zu, schlürften alkoholfreie Cocktails und taten so, als würden sie mit ihren Fanta-Gläsern Gin Tonic oder Whiskey trinken. Die nicht so angesagten Schüler standen etwas verloren am Rand, nippten an ihrem Orangensaft und erweckten den Anschein, als hätten sie Spaß.

Theodora gehörte zur zweiten Gruppe. Aber selbst die Außenseiter wollten mit dem schüchternen Mädchen mit dem ungewöhnlich silbern weiß leuchtendem langen Haar und den tollen Augen nichts zu tun haben. Einige hatten sogar Angst vor Theodora. Sie beschimpften sie als Hexe oder Missgeburt.

Eigentlich war sie nur wegen ihres Vaters hier, der nicht müde wurde, seiner Tochter zu erklären, wie wichtig Freunde sind. Sie hatte ihr Möglichstes getan, war einmal über den Platz gelaufen, hatte sogar gelächelt, was sie vorm Spiegel lange üben musste, und wollte gerade wieder gehen, als sie unten am Ufer des Sees ausgerechnet mit Matt zusammenstieß. Dem Jungen, in den fast alle

Mädchen der Markholm High verschossen waren und der beim Basketballspiel für so lautes Gekreische und Herzrasen sorgte, dass die Schulleitung extra Sanitäter an das Spielfeld stellte, die sich nur um die »Matt-Fans« kümmerten.

Für einen Moment sahen sich beide übertrieben lange an, bevor Matt entschuldigend versuchte, seinen beim Zusammenstoß verkleckerten Kirschbananensaft von Theodoras Kleid zu wischen. Was die Sache allerdings eher verschlimmerte und den Fleck so richtig schön breit schmierte.

»Sorry ... Theodora ... ich hab dich nicht gesehen!«

Theodora blinzelte überrascht. Matt kannte ihren Namen. Er wusste, wie sie hieß, und hatte nicht T zu ihr gesagt. Sie wünschte sich, dass dieser Moment ewig dauern würde.

Aber genau das tat er natürlich nicht. Wild geifernd kam Carol, Matts Freundin, angerannt, die irgendwie aussah wie eine zum Leben erweckte Barbie. Carol genügte ein Blick aus ihren völlig überschminkten Augen, um die Situation einzuschätzen. Ohne weiter auf ihren Freund zu achten, der blitzartig seine Hände von Theodoras Kleid wegzog, ging sie auf das im Vollmondlicht leuchtende Mädchen zu. Es war schulbekannt, dass Carol und Theodora alles andere als beste Freunde waren. Carol nutzte jede sich ihr bietende Gelegenheit, um Theodora auflaufen zu lassen oder, was schlimmer war, um sie vor allen zu demütigen.

»Hände weg von Matt, du Freak!«

Carol schubste Theodora beiseite. Die wollte etwas erwidern, gab allerdings nur wirres Zeug von sich.

»Hast du was gesagt?« Carol grinste.

Theodora hörte Gekicher und Gelächter. Schweißperlen rannen

über ihre Stirn. Natürlich hatten die anderen die Szene sofort bemerkt, sogar der öde DJ mit seinen 70er-Jahre-Schnulzen hatte seine schreckliche Musik leiser gedreht. Als würde jetzt der offizielle Teil beginnen und jemand eine Rede halten. Alle starrten fasziniert auf die beiden. Denn wenn Carol mal ein Opfer gefunden hatte, schienen alle auf seltsame Art vereint. Carol versprach einfach gute Unterhaltung.

Matt versuchte seine Freundin zu beruhigen. Zwecklos. Mit gesenktem Kopf trat Theodora zurück. So wie sie es immer tat. So wie sie es gelernt hatte, Problemen aus dem Weg zu gehen. Auch wenn ihr Vater anderer Meinung war.

Aber Carol wollte nicht aufhören. Sie kam gerade erst richtig in Fahrt. Dass ausgerechnet ihr Matt versuchte, sie von Theodora wegzuzerren, machte die Situation nicht besser. Immer mehr hässliche Worte prasselten auf Theodora ein, immer verletzender und gemeiner wurde Carol. Theodora spürte, wie sich ihr Magen zusammenzog. Wie Wut in ihr aufbrannte. Ihr Atem wurde schneller, ihre zierlichen Hände ballten sich zu Fäusten, ihre Fingernägel bohrten sich in die Handflächen, bis Blut floss. Der Mond über dem Steg am Wasser schien augenblicklich größer und größer zu werden.

»Ja, hau nur ab, du Missgeburt. Dich hat hier niemand eingeladen … Weißauge!« Das war zu viel.

Eine Wasserfontäne schoss aus dem See. Dann eine zweite und eine dritte, bis zu vier Meter hohe Wellen folgten ihnen. Theodora bewegte ihre Hände und das dunkle eiskalte Wasser des Sees gehorchte ihr wie ferngesteuert, wie die Musiker eines Orchesters. In Zeitlupe drehte sie sich um, sah ihre Widersacherin mit funkelnden Augen an und das Wasser ging mit einem gigantischen

Schwall über dem keifenden Mädchen nieder. Genau so, wie Theodora es wollte.

Das Schreien war verstummt, und da, wo Carol eben noch mit ihrem weinroten Kleid stand, war nur noch eine große nasse Pfütze. Ängstlich starrten alle anderen Theodora an, die am ganzen Körper leuchtete und doppelt so groß erschien wie zuvor.

Supermoon war geboren.

Vergessen

Sue, die eigentlich Susanne Hartmann hieß, aber unter keinen Umständen so genannt werden wollte, schreckte mit leisem Aufschrei hoch. Was für eine unfassbar entfesselte Kraft. Vor ihr lag der aufgeschlagene Supermoon-Comic, ein Sammlerstück mit Alternativcover, von dem es weltweit nur einhundert Exemplare gab. Theodora hatte soeben ihre schlimmste Widersacherin Carol vom Ufer weggefegt und blickte Sue nun mit ihren großen weißen Augen an. Irgendwo in der Ferne klingelte ein Handy.

Zu oft schon hatte Sue sich gewünscht, dass auch sie verborgene Superkräfte besitzen würde. Irgendwo, tief in ihr drin versteckt. Oder dass sie eines Tages auf der Straße von einem Unbekannten angesprochen würde, der ihr sagte, dass sie eigentlich eine Elfe sei, versteckt unter Menschen. Nur mit einem Zauber belegt, der ihr Gedächtnis manipulierte. Aber bislang war niemand aufgetaucht und ihr Körper war alles andere als der einer Elfe. Erneut klingelte das Handy. Diesmal lauter und länger.

Sue sprang auf, zog ihre dunkle Kapuze tiefer in die Stirn, riss den zerfledderten Schulrucksack hoch und kramte panisch zwischen den zerknitterten Schulheftern und Comics herum. Wie spät war es? Sie hatte keine Ahnung.

Noch im Rucksack aktivierte sie ihr Telefon und rief: »Ja?«

Eine tiefe männliche Stimme meldete sich ungeduldig. »Wo steckst du?« Sue sah sich um. Der Klassenraum war leer. Keine anderen Schüler, kein Lehrer, und das spärliche Licht, das von draußen durch die Fenster drang, verhieß nichts Gutes. Es war schon wieder passiert. Sie war im Unterricht über ihrem Lieblingscomic eingeschlafen.

»Äh ... ich bin gleich da.« Sue klemmte ihr Telefon hastig zwischen Kopf und Schulter und verstaute ihren kostbaren Comic im Rucksack so, dass er keine Eselsohren bekam.

»Hast du das Paket?«, fragte die Stimme.

Sue erstarrte. Mist. Das Paket. Wo hatte sie es hingelegt?

»Ja«, log sie und sah in ihrem Rucksack nach, wo es augenscheinlich nicht war. Die Stimme trieb sie ungeduldig an: »Beeil dich. Wir haben nicht mehr viel Zeit.«

Sue rannte los. Etwas zu schwungvoll, denn mit einem unangenehm lauten Knall schlug ihr Telefon auf den Boden. Fluchend hob sie es auf. Der Riss auf ihrem Display war wieder ein Stück größer geworden. Nicht mehr lange und das Glas würde in tausend Stücke zerspringen. Von wegen Spider-App. Diese teuren Dinger waren einfach nicht für den Alltag geschaffen.

Hastig steckte sie das Telefon in die Hosentasche, angelte sich im Vorbeigehen ihre Jacke von der Garderobe und drückte mit voller Kraft die Klinke der Tür herunter.

Nichts geschah.

Sue drückte nochmal. Die Tür war abgeschlossen. Sie kniff die Augen zusammen und versuchte Panik zu unterdrücken. Im

Klassenzimmer eingeschlafen, die Tür verschlossen – das war der absolute Tiefpunkt dieser Woche. Hatten die Lehrer keine Aufsichtspflicht? Kraftlos klopfte sie gegen die Tür und rief: »Hallo? Hört mich jemand?«

Natürlich nicht. Die Schule musste zu diesem Zeitpunkt beinahe leer sein. Wenn sie Glück hatte, kam irgendwann der Hausmeister vorbei, bevor sie hier drinnen verhungert war. Wieder donnerte sie mit den Fäusten gegen die Tür.

»Hallo??? Ich bin hier drinnen eingesperrt …«

Schritte näherten sich. Ein Schlüssel wurde ins Schloss geschoben. Sue trat einen Schritt zurück und Frau Gunnarson, Sues junge Klassenlehrerin, öffnete.

»Susanne?«, fragte sie überrascht.

»Ich heiße Sue«, erwiderte Sue genervt.

Doch Frau Gunnarson ignorierte das wie immer.

»Ich hab dich überhaupt nicht gesehen. Warst du noch hier drin?«

Wo denn sonst?, dachte Sue. Scheinbar war sie auch für ihre Lehrerin wie für viele in der Schule einfach nur Luft. Egal ob sie hier war oder krank zu Hause, für die meisten existierte sie einfach nicht. Mal wurde sie im Sportunterricht einfach nicht aufgerufen, ein anderes Mal vergaß man sie bei der Klassenfahrt an der Raststätte. Angeblich hatte man ihr Fehlen nicht bemerkt. Auf jeden Fall blieb sie so das Hauptgesprächsthema auf der Rückfahrt, und sie musste sogar ganz vorn neben der Lehrerin sitzen, damit sich so etwas nicht wiederholte. Als wäre es ihre Schuld gewesen.

Sue hatte jetzt keine Zeit, um mit ihrer Wollpullover tragenden Lehrerin über Aufsichtspflicht zu diskutieren. Sie schob Frau Gunnarson sanft, aber bestimmt beiseite und sagte im Vorbeigehen: »Danke. Aber ich hab's eilig.« Ausgerechnet heute komme ich mal wieder viel zu spät, dachte sie.

Hastig rannte sie den Gang entlang und verschwand im Treppenhaus.

Roboter

Wie Sue richtig vermutet hatte, war die Schule um diese Uhrzeit so gut wie ausgestorben. Der lange, hohe Kreuzgang im Erdgeschoss, wo vor zweihundert Jahren noch schweigend Mönche flanierten, war zur Hälfte in dunkle Schatten getaucht. Irgendein Putzmann schob seinen quietschenden Wagen müde und gedankenversunken Richtung Feierabend.

Wieder klingelte Sues Handy. Sie ignorierte es und legte einen Schritt zu. Bei den grauen Spinden in der Haupthalle blieb sie abrupt stehen.

Das konnte doch nicht wahr sein. Was war heute los? Ausgerechnet vor ihrem Schrank wartete der schlimmste Alptraum ihres Lebens. Na gut, der zweitschlimmste, gleich nach ihrer Mutter.

Evil Eileen, das scheinbar beliebteste Mädchen der Schule mit ihrer lauten und affektiert lachenden Clique. Eileen war in etwa so schlimm wie Carol. Für einen Moment wünschte sich Sue, Supermoon zu sein. Dann könnte sie Eileen und diese gackernden Hühner mit einem Wimpernschlag und einer kräftigen Welle einfach aus dem Weg räumen. Bei dem Gedanken musste sie kurz grinsen.

Aber sie war eben nur Sue, oder Susanne, das graue unscheinbare Mäuslein aus der vierten Reihe, das am liebsten dunkle Pullis trug, ihre langen rotbraunen Haare unter einer großen Kapuze versteckte, Lippenstift und Make-up hasste, keine Freunde hatte und jede freie Minute nutzte, um sich mit Superhelden-Comics in wilde Abenteuer zu stürzen.

Sue atmete kurz durch. Es half ja alles nichts, dieser Haufen geballter Mädchendummheit in Plüsch musste den Weg freiräumen. Jetzt!

»'tschuldigung?«

Die Mädchen zuckten nicht mal mit den Augen. Eileen verteilte irgendwelche grünschwarzen Flyer und sagte: »DJ Goblin wird ebenfalls auflegen. Ist das nicht mega? Mein Vater ist mit seinem Manager befreundet. Die kennen sich noch von der Schule. Er hat das alles für uns geregelt. Wir müssen nur noch die Flyer für die Halloween-Party ...« Sie fand es einfach supercool, unablässig zu reden.

Sue entschied sich, diesmal nicht klein beizugeben. »Entschuldigung«, sagte sie laut und eindringlich, »Dürfte ich kurz an meinen Schrank?« Sie wartete kurz und ergänzte dann: »Bitte!«

Eileen, wie immer viel zu stark geschminkt, drehte sich langsam um und blickte Sue an. Also nicht wirklich. Sie sah durch Sue hindurch, so als wäre die eine graue Wolke Nichts und fragte: »Kennen wir uns?«

Was für eine dämliche Frage. Natürlich taten sie das.

»Ja. Wir sind ...«, setzte Sue an. Aber wie immer beendete jemand anderes ihren Satz. In diesem Fall Chrissi, Eileens beste Freundin – wobei das Wort beste und Freundin nur oberflächlich zusammenpassten.

»... in der gleichen Klasse. Wir sind in der gleichen Klasse.« Chrissi hatte die unschlagbare Begabung, nicht nur grammatikalisch falsche Sätze zu sagen, sondern zudem auch noch alle Informationen immerfort zu wiederholen. Vielleicht dachte sie, dass ihre Sätze dadurch an Bedeutung gewannen.

Sue konnte es sich nicht verkneifen, sie musste das arme Mädchen verbessern. »Korrekt müsste es heißen: In derselben Klasse. Nicht der gleichen.« Sie grinste kurz und überlegte, ob sie diese Feststellung ebenfalls wiederholen sollte, ließ es dann aber sein.

Die Clique starrte Sue an, als hätte die gerade die Urformel für die Entstehung des Universums vorgetragen. Ein schmalziger Popsong unterbrach die peinliche Stille. Eileen hob ihr rosa Plüschhandy ans Ohr und säuselte mit zuckersüßer Stimme »Hi Gwen«. Dabei gab sie den anderen Mädels ein Zeichen zum Abgang. Wie Roboter, deren Programmierung eben das Wort EXIT verstanden hatte, drehten sich alle zeitgleich um, setzten ein künstliches Lächeln auf und folgten ihrer Meisterin Eileen.

Sue blickte der Gruppe noch kurz hinterher, verdrehte die Augen, öffnete dann ihren Schrank und fand in dem Chaos das gesuchte schwarze Paket. Ihre Mission konnte beginnen und würde hoffentlich ihr Leben verändern. Zumindest heute.

Dad-Mobil

Christoph Hartmann, Sues Vater, wartete schon ungeduldig im alten VW-Bus vor der Schule. Als er Sue kommen sah, zeigte er auf seine Uhr. Ja, ihr Vater besaß noch eine altmodische Armbanduhr. Dann hupte er auch noch, als würde das jetzt irgendeinen Unterschied machen oder die Zeit beschleunigen.

Sue öffnete die knarzende Autotür. Der Rost hatte schon die Scharniere angegriffen. Papa hatte zwar versprochen, sich um ein neues Auto zu kümmern, aber Geld war im Hause Hartmann Mangelware. Irgendwie hing sein Herz an dieser alten Schrottlaube mit der er, diese Geschichte wiederholte er immer, wenn Sue es wagte, seinen geliebten Bus zu kritisieren, schon mit Mama um die halbe Welt gefahren war.

»Ich habe unsere Zielperson lokalisiert. Die Mission kann beginnen«, raunte Christoph seiner Tochter mit übertrieben mysteriöser Stimme zu, während Sue erst einmal den großen Kontrabass, der den halben Bus versperrte, beiseiteschieben musste, um überhaupt einsteigen zu können.

Ihr Vater liebte Rollenspiele. Sue im Prinzip auch. Aber ihr Vater vergaß dabei leider, dass Sue nicht mehr acht war. Und mit zwölf war es eben nicht mehr cool, wenn der eigene Vater mit so einer Rostkarre vor der Schule stand und so tat, als wäre er ein Geheimagent.

»Hast du das Paket?«

Sue nickte. Sie hielt es doch offensichtlich in den Händen und nach dem Aufeinandertreffen mit Eileen hatte Sue nicht wirklich Lust, das Spiel ihres Vaters mitzuspielen.

»Schlechte Laune?«, fragte der.

Sue nickte erneut und zeigte zu Eileen und ihrer Clique hinüber, die gerade kichernd das Schulgebäude verließen.

»Na sieh einer an. Evil Eileen. Aber wir haben etwas, dass sie nicht hat …« Er machte eine lange Pause, und Sue wusste nur zu gut, was jetzt kam.

»… ein Dad-Mobil.« Christoph grinste und streichelte sein Lenkrad.

»Papa, ich glaube, wir sollten ...« Aber es war schon zu spät. Mit einer erhobenen Augenbraue drehte Christoph den Schlüssel seines Dad-Mobils und es passierte genau das, was Sue befürchtet hatte. Der Bus stotterte, spuckte eine große schwarze Rußwolke aus, machte einen leichten Satz nach vorn und erstarb kläglich. Sue rutschte tiefer in ihren Sitz.

»Vielleicht sollte ich einen Tarnmechanismus installieren«, sagte ihr Vater.

Ja. Vielleicht solltest du genau das tun, dachte Sue. Denn in diesem Moment liefen Eileen und die Mädchen lachend am Bus vorbei und stiegen in die blitzenden SUVs ihrer Eltern, die natürlich sofort ansprangen und leise surrend schnell verschwanden.

Christoph drehte den Schlüssel noch weitere drei Mal im Schloss, bis der steinzeitliche Motor endlich knatternd ansprang. Immerhin, dachte Sue.

»Bereit?«, fragte ihr Vater. Sue setzte sich wieder aufrecht hin, nickte und sagte: »Hol alles aus dieser Schrottkarre raus, was geht.«

Ihr Vater zuckte zusammen. »Nicht so laut!« Er streichelte sanft das staubige Armaturenbrett des Busses. »Er ist sehr sensibel.«

Sue sah ihren Vater verblüfft an. »Er?«

Aber ihr Vater gab schon Gas, wenn man das so nennen konnte, und fuhr mit lächerlicher Geschwindigkeit den Berg hinauf. Hinter ihnen schwarzer Ruß.

»Wenn du Hunger hast ... im Handschuhfach sind Hotdogs.«

Sue öffnete vorsichtig das Fach, und tatsächlich, da lagen zwei Pappkartons mit lecker duftenden Hotdogs.

»Im Handschuhfach? Echt jetzt?«

Ihr Vater nickte. »Da bleiben sie schön warm!«

Zombie-Dog

Die Sonne war bereits untergegangen und ein kühles herbstliches Nass legte sich über die Stadt Markholm. Lange Schatten lagen auf den Häusern, die dicht gedrängt an den bewaldeten Hügeln standen. In der Ferne leuchteten, zwischen den riesigen alten Schornsteinen, die gläsernen Türme der *DEC*, der Drill Energy Corporation. Genau die Firma, in der Sues Mama an geheimen Forschungen arbeitete und seitdem kaum noch Zeit für ihre Familie hatte. Geschweige denn für Sue.

Christoph schaltete das Radio an. Er musste die Lautstärke fast völlig aufdrehen, damit bei dem Lärm des Motors überhaupt etwas zu hören war.

»Einen wunderschönen guten Abend, Markholm«, sagte eine stadtbekannte Stimme. »Mein Name ist Lisa Wells von News24, und ich berichte heute live aus der *DEC*, wo Direktor Dr. Jonas Drill zu einer Pressekonferenz eingeladen hat.« Applaus im Hintergrund.

Christoph sah auf seine Uhr. »Sie haben anscheinend mit Verspätung angefangen. Das gibt uns einen kleinen Vorsprung. Aber die Zeit arbeitet gegen uns.« Er machte das Radio noch einen Tick lauter, sodass die Lautsprecher anfingen, zu knarzen und die kleinen Star-Wars-Actionfiguren auf dem Armaturenbrett hin und her hüpften.

Dann war die Stimme eines Mannes zu hören, den Sue nur

allzu gut kannte und den sie überhaupt nicht mochte. Dr. Jonas Drill, Mamas Chef, immer unfreundlich, immer schwitzend immer schlecht gelaunt. Er hasste Kinder und machte daraus auch keinen Hehl.

»Meine sehr verehrten Damen und Herren. Liebe Kollegen und Kolleginnen, werte Gäste. Stellen Sie sich vor, Sie leben in einer Welt ohne Schwäche. Einer Welt, in der es keine Krankheiten mehr gibt ...«

Christophs Bus bog nun in eine langgezogene Straße ein, die an einer Schranke endete, die zum *DEC*-Forschungskomplex gehörte. Überall standen schwer bewaffnete Sicherheitsbeamte herum, und Kameras filmten jede noch so kleine Bewegung. Rote flackernde Laserzäune flankierten sirrend die Einfahrt. Christoph drehte das Radio leiser und kurbelte die Scheibe herunter. Ein uniformierter junger Mann mit ernstem Gesicht trat aus seinem schmalen Wachhäuschen.

»Ähm ... Ihre Ausweise bitte.«

Der glattrasierte Sicherheitsmann war offensichtlich nervös. Sue hatte ihn hier noch nie gesehen. Vielleicht war er neu und wollte keine Fehler machen. Sues Vater war bei den Wachleuten kein Unbekannter.

Christoph hatte wie immer seinen Besucherausweis, den Sues Mama ihm besorgt hatte, vergessen. Ohne den kam man nicht auf das Gelände. Und Ordnung gehörte nicht zu Papas Stärken. Dafür war er nie um irgendwelche Ausreden verlegen.

»Es tut mir unendlich leid«, sagte er und schielte leicht grinsend zu Sue hinüber, »aber meine Tochter ... Wir wollten gerade etwas essen gehen, als sie plötzlich ... also sie hat mit diesem blauen Zeug gespielt. Wissen Sie? Das, was meine Frau, also Maria

Hartmann, gestern mitgebracht hat. Und dann fing sie plötzlich an zu bluten. Mein Gott. Bitte ...«

Sue musste sich zusammenreißen, um nicht gleich loszulachen, und versuchte ihr Gesicht hinter ihrer Hand zu verbergen. Dem Sicherheitsmann war allerdings nicht zum Lachen zumute. Nervös schaut er von Christoph zu Sue und wieder zurück.

Christoph nutzte diesen Moment und kam jetzt erst recht in Fahrt. Als Schüler hatte er in der Theater-AG der Schule die ganz großen Rollen gespielt.

»Sie müssen mich durchlassen. Bitte. Bevor es schlimmer wird. Meine Frau weiß sicher, was zu tun ist. Meine Güte ... Vielleicht stirbt sie.«

Das war zu viel. Dem armen Sicherheitsmann stand der Schweiß jetzt auf der Stirn und unsicher leuchtete er mit seiner Taschenlampe ins Innere des Wagens. Sue hob schwerfällig ihren Kopf und röchelte in den Schein der Lampe. Der Sicherheitsmann wich vor Entsetzen einen Schritt zurück und ließ die Lampe fallen.

Blut quoll aus Sues Augen und lief ihr über die Wange. Sue gab sich extrem Mühe, wie ein Zombie zu grunzen. »Bitte ...«, krächzte Sue sehr überzeugend. »Sie müssen mir helfen.«

Der Sicherheitsmann hielt sich entsetzt die Hand vor den Mund, wahrscheinlich aus Angst sich anzustecken, und winkte seinen Kollegen im Wachhäuschen hastig zu. Die Schranke hob sich augenblicklich.

»Haben Sie tausend Dank«, sagte Christoph und kämpfte innerlich gegen einen Lachanfall. Der Sicherheitsmann nickte nur kurz und erleichtert. Christoph und Sue fuhren los und konnten sich kaum mehr halten vor Lachen. Sue wischte sich den Ketchup aus dem Gesicht und biss genüsslich in ihren inzwischen kalt gewordenen Hotdog.

»Ich glaube, ich leide an Ketschupritis«, kicherte sie.

»Hoch ansteckend. Hab ich gelesen«, sagte ihr Vater. Wieder mussten sie lachen. Manchmal war es dann doch lustig, auf Papas Spiele einzugehen, dachte Sue.

Die erste Hürde hatten sie also genommen. Im Radio war noch immer Direktor Drills Stimme zu hören. Monoton und gelangweilt. Christoph drehte die Lautstärke wieder hoch, während der Bus zwischen den modernen Stahlglasfassaden ins Herz der *DEC* vordrang.

»Stellen Sie sich vor, Ihr Körper reagiert mit einem eigenen, nennen wir es Schutzschild«, referierte Drill. »Um das allerdings genauer zu erklären, habe ich Ihnen heute einen Experten, wenn nicht sogar den Experten mitgebracht. Bitte begrüßen Sie mit mir eine der erfolgreichsten Genetikerinnen und Mutationsforscherinnen, Dr. Maria Hartmann.«

Sues Lächeln erstarb. Da war sie. Ihre Mutter. Gleich würde sie reden und nicht mehr aufhören, wie immer, wenn sie über ihre Forschung sprach. Applaus war zu hören und Drill fuhr fort: »Maria, man könnte Ihre Erfindung in einem Satz zusammenfassen: Der Mensch 2.0.«

Vielleicht sollten sie mal eine Mutter 2.0 erfinden. Dann hätte Sue ein Problem weniger. Dafür eine Mutter, die sich um ihre Kinder und die Familie kümmerte und nicht dauernd in der Welt herumflog und Vorträge hielt.

Überraschung

Die *DEC* war eine der modernsten Forschungseinrichtungen des Landes. Gebaut auf dem Gelände eines alten stillgelegten Stahlwerks, von dem es rund um Markholm Dutzende gab. Jonas Drill hatte mit ihnen ein gigantisches Vermögen angehäuft. Als allerdings die Nachfrage nach Stahl eingebrochen war, entschied sich Drill, einen riesigen Forschungscampus zu errichten, was ein sehr cleverer Schachzug gewesen war. Hunderte der besten Wissenschaftler der Welt kamen nach Markholm, um hier an supergeheimen Forschungen zu experimentieren. So wie Sues Mutter. Aber was genau in diesen Laboren geschah, das wusste Sue nicht. In den wenigen Momenten, in denen ihre Mutter mit ihr sprach, erklärte sie ihrer Tochter nur, dass es geheim sei und sie zudem noch viel zu jung war, um das alles zu verstehen. Und Sue hatte sich nicht die Mühe gemacht, weiter nachzufragen.

Ihre Mutter sah sie, wenn überhaupt, nur am Wochenende, und auch dann saß sie meistens vor ihrem Computer. Im Urlaub waren sie schon lange nicht mehr, und seit ihre Eltern dieses furchtbar alte Haus in einem Vorort von Markholm gekauft hatten, war ihr Vater hauptsächlich damit beschäftigt, es bewohnbar zu machen. Aber alles, was ihr Vater, der im wahren Leben Vollblutmusiker war und Kontrabass spielte, zustande brachte, waren oberflächliche Schönheitsreparaturen. Wie oft war sie morgens schon aufgewacht, weil Regentropfen ihre Stirn herunterliefen, da das Dach undicht war.

»Beeil dich. Sie wird jeden Moment kommen. Und wenn wir dann nicht fertig sind, war alles umsonst.« Die Stimme ihres Vaters holte Sue zurück in die Gegenwart.

Sie hatten endlich das Labor der Mutter im vierten Untergeschoss erreicht. Keine Fenster, nur eiskaltes blaues Licht. Hightech-Computer und Messgeräte surrten mit permanentem leisen Piepen. An der Decke riesige, silbern folierte Lüftungskanäle, und zwischen den Schreibtischen beleuchtete Glaswände mit Formeln und Zahlen in roter Leuchtschrift. Das Licht war gedämpft, einzelne Arbeitsplätze kühl beleuchtet. Alles wirkte wie die Brücke eines gigantischen Raumschiffs.

Menschen waren nicht zu sehen. Anscheinend lief die Pressekonferenz noch. Ihre lang geplante Überraschung konnte also durchaus noch gelingen. Sue stellte das schwarze Paket und die noch nicht ganz aufgetaute Schwarzwälder Kirschtorte auf einem der Tische ab. Während ihr Vater die Kerzen aus der Tasche zauberte und sie in die Torte steckte, holte Sue einen Lappen und wischte die Formeln und Zahlen von der Glaswand ab.

»Ich glaub, das ist keine so gute ...«, Christoph sah zu Sue hinüber, die aber bereits die halbe Wand leer gewischt hatte, »... äh ... Idee!«

Sue hatte ihn überhaupt nicht gehört und war voll darauf konzentriert, dass ihre Überraschung klappte. Sie liebte ihre Mutter, auch wenn sie das niemals laut sagen würde. Und sie hasste es, dass Maria – sie weigerte sich eigentlich, das Wort Mutter zu benutzen –sie einfach ignorierte oder, wenn sie sie wahrnahm, wie ein Kleinkind behandelte. Aber diese Überraschung heute war ihre Idee gewesen. Sie hatte alles bis ins kleinste Detail geplant und freute sich auf den Gesichtsausdruck ihrer Mutter, wenn die zurückkam und das hier sah.

Mit einem roten Stift wollte sie gerade die Worte »Happy Birthday« an die gläserne Wand schreiben. Sie kam allerdings nur bis »Happy Bi...«, da zündete ihr Vater bereits die Kerzen an. Wobei der Begriff Kerze nicht ganz richtig war.

»Die sieht aber komisch aus, Sue.« Christoph beäugte den großen blauen Gegenstand in der Mitte der Torte argwöhnisch. Vielleicht hätte er auf seine Tochter warten sollen. Vielleicht. Doch sein Feuerzeug war schneller. Eine Stichflamme schoss aus der vermeintlichen Kerze in die Höhe und Christoph konnte im letzten Moment gerade so ausweichen, sonst wären seine Augenbrauen dahin gewesen. Silberner Rauch und bunte Funken schossen an die Decke und hüllten das Labor augenblicklich in einen dunstigen Schleier.

»Was zum Henker ist das?«

»Ein bengalisches Feuer.« Sue ließ den Stift fallen und rannte zum Tisch hinüber. Ihr Vater sah sie entsetzt an. »Ein was???«

»Von Silvester! Hab ich aufgehoben.« Beide waren hilflos. Mit ohrenbetäubendem Lärm sprangen die Feuermelder an. Das Echo ihres lauten Heulens hallte im Raum.

»Sie wird uns umbringen«, sagte Sue panisch.

Ihr Vater nickt nur. Das würde sie, in der Tat.

Happy Bi...

Zur selben Zeit, als Christoph und Sue das Labor betraten, lief der Abend für Maria Hartmann außerordentlich gut. Das, was sie heute den Wissenschaftlern und Experten in dem viel zu großen Saal der *DEC* zu sagen hatte, war eine kleine Sensation. Tag und Nacht hatte sie die letzten Wochen daran gearbeitet, Messreihen ausgewertet, immer und immer wieder die Daten überprüft, sich mit ihrer Assistentin Lenia gestritten und wieder vertragen. Insgeheim träumten sie schon vom Nobelpreis.

Und nun stand es direkt vor ihr. In dem gut gekühlten Schutzbehälter aus Metall. Die kleine Ampulle mit der blau schimmernden Flüssigkeit. Das Superserum: *NT26D*.

Applaus war zu hören. Maria trat auf die Bühne, räusperte sich kurz und schaute in den dunklen Zuschauerraum. Das Licht der Scheinwerfer blendete sie. Der Saal war bis auf den letzten Platz gefüllt. Alle warteten auf die angekündigte Sensation.

Jonas Drill lächelte ihr aufmunternd zu und Maria sagte ins Mikro: »*NT26D*, wie wir unser Projekt etwas nüchtern nennen …«

In dem Moment brach der Alarm los. Der Ton war so grell, dass sich einige die Ohren zuhielten. Eine Stimme bat monoton, sich sofort zu den Ausgängen zu begeben. Ein Feuer musste ausgebrochen sein. Alle liefen durcheinander und hasteten nach draußen.

Nur Maria überlegte nicht lange, schnappte sich Lenia und den Behälter mit der blauen Flüssigkeit und rief: »Wir müssen die Daten retten. Schnell!« Lenia wollte protestieren, aber Maria ließ das nicht zu. Sollten die Daten zerstört werden, wäre ihre Forschung um Jahre zurückgeworfen.

Währenddessen kämpften Sue und Christoph noch immer mit dem bengalischen Feuer. Vielleicht hätten sie wegrennen sollen. Jetzt war es zu spät …

Die Tür flog auf. Maria und Lenia betraten das Labor und blieben wie angewurzelt stehen.

Christoph winkte ihnen verlegen zu und sagte: »Hi!«

»Christoph …« Maria fehlten die Worte.

Sue hatte den Teller mit der Schwarzwälder Kirschtorte gedankenschnell in die Hand genommen und begann damit, etwas schief »Happy Birthday« zu singen. Sie kam allerdings nicht weit. Maria unterbrach sie jäh. Und ihr Gesicht spiegelte in keinster Weise Freude wider.

»Das ist jetzt nicht euer Ernst, oder?«

Dann fiel ihr Blick auf die Tafel, auf der Sue die Formeln abgewischt hatte.

»Verdammt ... Das ... Nein ...« Wie eine Furie rannte sie zur Tafel.

»Es sollte eine Überraschung werden«, sagte Christoph. »Sorry.«

»Ist euch eigentlich klar, was ihr da gerade angerichtet habt?«, fragte Maria.

»Nein. Aber du weißt schon, dass du heute Geburtstag hast, oder?«, entfuhr es Sue, und sie biss sich im selben Moment auf die Lippen, als sie Marias wilden Blick sah. »Mit dir ...«, und Maria betonte jedes einzelne Wort, »... habe ich überhaupt nicht geredet.«

Sue schluckte. Ihr Hals war ganz trocken. Die Überraschung war leider in die Hose gegangen. »Wir haben gedacht, du freust dich. Aber du denkst mal wieder nur an deine Arbeit.«

Maria ignorierte Sue und ging zu ihrem Mann. »Es war meine Idee«, sagte der, »ich hab die Kerzen angezündet.« Aber Maria schüttelte nur den Kopf. »Christoph, wir schreiben hier Geschichte.«

Sie nahm den Behälter mit *NT26D*, ging zum Ausgang, drehte sich noch einmal um und sagte: »Ihr müsst jetzt gehen, bitte.« Dann verließ sie schnurstracks den Raum. Christoph zwinkerte Sue zu, sagte »Warte kurz. Ich klär das« und stolperte seiner Frau hinterher.

Sue war wütend. Sie musste an Supermoon denken, an Carol, an Eileen und natürlich an ihre Mutter. Dann schrie sie, so laut sie konnte, dass sogar die Reagenzgläser auf den Tischen zitterten. »Dann geh doch dahin, wo der Pfeffer wächst.«

Wütend schmiss sie den Teller mitsamt der Torte in hohem Bogen weg. Er landete auf der Konsole eines riesigen Computerterminals und die Torte sackte langsam wie weißschwarzer Schleim nach unten. Ein rotes Licht sprang an.

Schwarzwälder Kirsch

Später wusste sie nur noch, dass sie geistesgegenwärtig zum Computerterminal gerannt war und versucht hatte, die Sahne und den Teig mit ihren Händen von der leuchtenden Tastatur zu wischen. Aber das verbesserte die Situation jetzt nicht mehr. Vielmehr wurde im Raum plötzlich alles rot, Alarmsirenen erklangen und die emotionslose Computerstimme säuselte erneut etwas von Notfall und Reaktor.

Der Reaktor. Sue fasste sich an den Kopf, der noch immer schrecklich dröhnte. Sie nahm alle Geräusche seit dem großen Knall nur noch dumpf und mit einem furchtbaren Piepen wahr.

»Temperatur im Bioreaktor erreicht kritischen Wert«, hatte sie eine Computerstimme sagen hören und versucht, auf dem Touch-Pad des Terminals herumzudrücken, um den Computer abzuschalten, bevor ihre Mutter zurückkam. Was sie nicht wusste: Alle Türen zum Labor hatten sich wegen des erneuten Alarms automatisch verriegelt. Natürlich nur zur Sicherheit für diejenigen, die auf der richtigen Seite der Tür standen.

»Notabschaltung initiiert«, dröhnte die Stimme weiter.

Sue befand sich zu diesem Zeitpunkt leider auf der falschen Seite der Tür und bekam nicht mit, dass Christoph und Maria verzweifelt versuchten, die versperrten Ausgänge zu öffnen, um ihre Tochter zu retten.

Sue rief laut: »Geh aus!« Nichts passierte. »Scheiße«, fluchte sie.

Eine männliche, sehr auf jedes Wort bedachte Stimme mit antiquiert wirkender Betonung sagte: »Ich mische mich ja nur ungern ein, aber Sie sollten auf keinen Fall weitere Knöpfe drücken.« Sue sprang von der Konsole weg und sah sich um. Das Labor war leer, niemand zu sehen.

»Wer ist da?«, fragte sie.

»Warnung. Reaktor überhitzt.«

Sue schloss die Augen. Das war doch alles nur ein echt fieser Traum. Was würde Supermoon jetzt tun? Ohne Wasser und ohne die Kraft des Mondlichts sicher nicht sehr viel. Also probierte sie es noch einmal mit dem Touchpad. Wieder räusperte sich die tiefe Stimme, dieses Mal ungeduldiger: »Wie ich bereits anmerkte: Das ist wenig zielführend. Der Reaktor kann nur noch manuell heruntergefahren werden.« Manuell. Wie bei Spock in »Zorn des Khan«, schoss es Sue durch den Kopf. Im Maschinenraum der Enterprise. Allerdings bezahlte Spock diesen heldenhaften Einsatz mit seinem Leben.

»Wenn ich Ihnen einen Rat geben dürfte«, erklärte die Stimme weiter, »verschwinden Sie von hier. Begeben Sie sich umgehend zum Ausgang!«

Sue schaute zur Schleuse am Reaktorraum. Die schwere Metalltür war offen. Weißer Dampf stieg aus den Ritzen hervor und eine Warnleuchte schoss rote Blitze in den Raum. »Der Reaktor kann nur noch manuell heruntergefahren werden«, wiederholte Sue leise murmelnd. Sie musste es einfach probieren. Vielleicht konnte sie diesen ganzen von der Schwarzwälder Kirschtorte ausgelösten Wahnsinn noch irgendwie stoppen.

Sie rannte los. Hinein in die Schleuse. Der Raum dahinter war so groß wie mehrere Fußballfelder und man konnte kaum das Ende sehen. In der Mitte stand ein mindestens drei Stockwerke hohes metallenes Monster, ummantelt mit mehreren blauen Wassertanks, die vibrierten, Rauch spuckten und zu kochen schienen. Der Reaktor.

Sue verspürte keine Angst. Ohne weiter über die Konsequenzen nachzudenken, rannte sie zum Bedienfeld des Reaktors. Seine roten Zeichen und Zahlen verkündeten den baldigen Untergang.

»Mit Verlaub«, sagte die Stimme, »das war nicht der Ausgang, von dem ich sprach.« Gut erkannt, dachte Sue. Laut sagte sie lediglich: »Halt die Klappe.« Wie konnte sie den Reaktor herunterfahren? Es gab nirgendwo einen Exitknopf.

Sie schluckte und rief: »Kannst du mir helfen?«

Keine Antwort. Sue wiederholte ihre Frage. Wieder nichts. Sie konnte die Hitze des Reaktors deutlich spüren. Schweißtropfen rannen über ihre Stirn, ihre Augen brannten. Der Boden unter ihren Füßen zitterte.

»Hallooooo? Rede mit mir.« Sie sah sich um.

»Sie befahlen mir, die Klappe zu halten«, antwortete die Stimme.

Jetzt war diese künstliche Intelligenz auch noch beleidigt. Das wurde ja immer besser, dachte Sue.

»Mann … Sorry. War nicht so gemeint. Kannst du mir nun helfen? Ja oder Nein?«

»Ich bedaure. Die Temperatur im Reaktorkern ist bereits zu hoch. Ich rate noch einmal eindringlich dazu, den Raum zu verlassen.« Wie um die Antwort zu unterstreichen, platzte direkt über Sues Kopf eine Zuleitung und dicke, blau fluoreszierende Flüssigkeit regnete auf sie nieder. Sue schrie auf. Die Flüssigkeit war eiskalt und zwirbelte auf der Haut. Sie spürte, wie sie ihre Schulter herabtropfte und ihren Arm herunterlief. Knapp über dem Handgelenk klaffte eine blutende Fleischwunde, die wohl von einem der herumfliegenden Metallteile verursacht worden war. Die blaue Flüssigkeit vermengte sich mit ihrem Blut zu einem dunklen Etwas.

»Bitte verzeihen Sie meine Wortwahl, Miss Susanne. Aber bringen Sie sich verdammt noch mal in Sicherheit!«

Das musste ihr die K.I. jetzt nicht zweimal sagen. Sue hatte den Ernst der Lage sehr wohl erkannt und rannte voller Angst los. Sie spürte ihren Herzschlag. Das Brummen war jetzt wesentlich lauter. Irgendwo platzten weitere Leitungen. Funken schossen in alle Richtungen. Die gläserne Haut des Tanks bekam Risse. Immer mehr Flüssigkeit drang nach außen.

Sue hatte die Schleuse zum Reaktorraum fast erreicht, da gab es einen markerschütternden Knall und die Tür der Schleuse schloss sich. »Nein … nein … Halt!« Das konnte doch alles nur ein böser Traum sein. Sue rannte schneller. Sie spürte den Boden unter ihren Füßen kaum noch, streckte instinktiv die Hand aus und prallte dann mit voller Wucht gegen die Stahloberfläche der verschlossenen Schleusentür. Gefangen. Zum zweiten Mal an diesem Tag. Und dieses Mal würde wohl niemand kommen, um die Tür zu öffnen. Sie spürte grelles Licht und die Druckwelle der Explosion.

Dann verlor sie das Bewusstsein.

Blaues Licht

»Pflaster bitte.«

Nur langsam kam Sue wieder zu sich. Blaues Licht flackerte vor ihren Augen. Jemand tupfte mit einem Stück Stoff die Haut sauber und klebte vorsichtig ein Pflaster auf die Wunde unter dem Handgelenk.

»Sie ist wach.«

Funksprüche drangen durch die Nacht. Stiefel waren zu hören. Ein Hubschrauber kreiste irgendwo. Sirenen heulten. Sue öffnete die Augen. Sie erkannte ihren Vater. Er stand neben der offenen Tür des Krankenwagens und sah milde lächelnd zu ihr hinüber.

»Ihre Tochter hatte heute mehr als nur einen Schutzengel.« Der Arzt, ein älterer Mann mit schütterem Haar, tätschelte ihr väterlich die Schulter und schüttelte dabei ungläubig den Kopf. So etwas hatte er in all den Jahren noch nicht erlebt. Angeblich war das Mädchen Mitten im Zentrum der Explosion gewesen. Aber bis auf eine kleine Schnittwunde war sie komplett unversehrt. Sues Blick fiel auf den Schnitt am Arm.

»Ist nur ein Kratzer. In ein paar Tagen wird nichts mehr davon zu sehen sein.« Der Arzt krempelte Sues Pullover herunter. Sue richtete sich auf und beugte sich zu ihrem Vater. Die Umarmung tat gut. Beide sprachen kein Wort, sie waren einfach nur froh, sich in den Armen zu liegen. Sie spürte den Herzschlag ihres Vaters.

Äußerlich wirkte er wie immer ruhig und gelassen, aber tief in ihm drin war er doch ziemlich aufgebracht. Schön, dass wenigstens er bei ihr war. Dabei ließ sie ihren Blick über den kleinen Platz vor dem Haupteingang zur *DEC*-Zentrale schweifen. Mehr als ein Dutzend Krankenwagen und Feuerwehren standen vor dem Hauptgebäude. Wahrscheinlich alle Einsatzfahrzeuge, die Markholm zu bieten hatte. Überall war Blaulicht.

Ihre Mutter sah sie nicht. Typisch, dachte Sue. Die eigene Tochter war gerade haarscharf dem Tod von der Schippe gesprungen, aber Maria hatte nur ihre Arbeit im Kopf. Falls davon nach der Explosion noch etwas übrig war.

»Und du kannst dich an nichts mehr erinnern? Ich meine, was genau ist da drinnen passiert?« Lenia, Mutters Assistentin, trat neben Christoph und sah sie fragend an. Sie wollte Antworten. Jeder hier wollte Antworten. Nur ihr Vater hatte nicht gefragt. Er hatte sie einfach nur in den Arm genommen.

Sue sah Lenia mit großen Augen an und zuckte mit den Schultern. Sie konnte sich ohnehin an nichts mehr erinnern. Wann würden die Erwachsenen endlich aufhören, blöde Fragen zu stellen? Sie griff die Hand ihres Vaters und drückte fest zu. Der verstand sofort.

»Wir sollten jetzt besser nach Hause«, sagte er zu Lenia.

»Macht das. Drill wird sich sowieso früher oder später bei euch melden. Ich hab gehört, es soll eine Untersuchungskommission gebildet werden.«

Eine Untersuchung. Das hatte gerade noch gefehlt. Jonas Drill würde sie nicht so einfach davonkommen lassen und fragen, wie eine Torte, matschige Kirschen und ein Haufen Schokoraspel in sein super teures Hightech-Labor gekommen waren.

»Ich fand deine kleine Geburtstagsüberraschung übrigens echt cool«, sagte Lenia, zwinkerte ihr zu und gab Sue das ungeöffnete schwarze Paket. Das Geschenk für Maria hatte den Unfall scheinbar wie durch ein Wunder überlebt. Sue nahm es dankbar an sich.

Christoph schob Sue sanft zum VW-Bus, der etwas verloren zwischen den vielen Feuerwehren parkte. Und dann sah Sue Maria. Ihre Mutter stand direkt am Eingang, ihren Mantel fest um sich geschlungen, direkt neben Jonas Drill. Der schrie laut und machte seinem Ärger Luft, redete auf Maria ein, deutete immer wieder auf das Gebäude hinter sich und schüttelte den Kopf.

Sue stieg in den Bus. Tränen liefen ihr über die Wange. Zorn stieg in ihr auf. Ihre Mutter hatte sich nicht mal erkundigt, ob sie den Unfall gut überstanden hatte. Nichts. Keine Hände gehalten, kein Kuss, keine Umarmung. Ihre Mutter war die schrecklichste Mutter, die man haben konnte.

Christoph sah ihre Tränen und nahm Sues Hand. »Sie war die Erste am Unfallort«, flüsterte er. »Sie ist nicht von deiner Seite gewichen, bis der Krankenwagen kam. Glaub mir.« Sue zog ihre Hand weg. Das änderte gar nichts.

Der Motor sprang diesmal sofort an. Christoph legte den ersten Gang ein und fuhr los. Immer kleiner wurden die blauen Lichter, immer unschärfer die roten Punkte der Feuerwehr. Sue lehnte sich an die Scheibe, wischte ihre Tränen ab und beobachtete die beleuchteten Fenster der vorbeiziehenden Stadt. Auf einmal spürte sie einen stechenden Schmerz. Er kam von ihrer Wunde und zog sich durch den ganzen Arm. Vorsichtig hob sie das Pflaster an und atmete erschrocken ein. Was war das? Die Wunde leuchtete hellblau. Das Licht flackerte, pulsierte kurz und erlosch.

»Alles gut?«, fragte ihr Papa.

Sue nickte zögerlich. So hatte sie sich den Geburtstag nicht vorgestellt. Wie so oft wünschte sie sich eine Zeitmaschine, um das Geschehene wieder rückgängig zu machen …

Ein Rucksack voll …

Leider hatte sie keine Zeitmaschine. Und so schlug Thor, der Gott des Donners und Mitglied der berühmten Avengers, am nächsten Morgen mit seinem Hammer wie immer erbarmungslos gegen die Glocke.

Sue erwachte nach einer furchtbaren und von Alpträumen geplagten Nacht. Sie war völlig verschwitzt, wollte nach ihrem selbstgebauten Thor-Wecker greifen, um dieses grauenhafte Gebimmel abzustellen, als sie merkte, dass etwas nicht stimmte.

Blitzschnell richtete sie sich auf. Herbstsonne schien in ihr Zimmer und Supermoon, also der lebensgroße Pappaufsteller, den Sue von ihrem Vater zum zwölften Geburtstag bekommen hatte, grinste sie an.

Sie wollte Thor mit ihrer linken Hand ausschalten, griff aber ins Leere und riss ihr Handy und die Kopfhörer ungeschickt zu Boden. Ihr linker Arm, der, der gestern Nacht im Auto noch blau geleuchtet hatte, war verschwunden. Er war weg. Einfach nicht da. Also, er war nicht wirklich weg. Aber man konnte ihn nicht sehen. Ihr Arm war unsichtbar. Was ist das?, fragte sich Sue erschrocken.

Und dann passiert noch etwas absolut Merkwürdiges. Sue spürte einen bitteren Kloß im Hals, musste würgen, sah sich panisch um, griff ihren Schulrucksack neben dem Bett und … kotzte. Einmal. Zweimal. Sie würgte, gab animalische Geräusche von sich und sah dann, wie ihr Arm langsam wieder sichtbar wurde. Eisige Schauer liefen ihr über den Rücken. Es war grauenvoll und Sue musste hilflos mit ansehen, wie ihr gläserner Arm sich wieder zurück verwandelte. Samt Pflaster und blauer Flecken.

»Sue? Bist du schon wach?« Christophs Stimme drang aus der Küche zu ihr und Schritte waren zu hören. Sue sprang auf, sie suchte nach einem passenden Versteck für den Kotzrucksack und stellte ihn dann direkt hinter Supermoon. In dem Moment kam ihr Vater herein und öffnete die Tür mal wieder ohne anzuklopfen.

»Morgen«, flötete Christoph viel zu gut gelaunt. Er war ein echter Frühaufsteher und hatte normalerweise kein Verständnis dafür, dass man am Wochenende um elf Uhr immer noch schlecht gelaunt und müde am Frühstückstisch sitzen konnte.

»Alles gut bei dir?«, fragte er. »Ich habe einen Schrei gehört.«

Sue deutete auf Supermoon. »Wir ... äh ... haben nur geübt.«

»Geübt?«

»Den Mondschrei.«

»Verstehe. Das macht sicher hungrig. Ich habe uns was zum Frühstück gemacht.«

»Ist Maria da?« Sue biss sich auf die Lippe. Ihr Vater hasste es, wenn sie ihre Mutter beim Vornamen nannte.

»Deine MAMA ist wie immer schon auf Arbeit.«

War ja klar. Sue verstellte ihre Stimme und imitierte ihre Mutter: »Wenigstens einer in dieser Familie sollte sich realen Problem stellen.«

Christoph lachte. »Achso ... Wir haben nur noch zehn Minuten. Du solltest dich beeilen.«

Schnell nahm Sue den Rucksack mit ihrem Erbrochenen, sah sich voller Ekel das Schlamassel noch einmal an und schob den Rucksack unter das Bett. Aus den Augen, aus dem Sinn.

Laborratte

Sue war extrem angepisst. Zum einen konnte und wollte sie nicht verstehen, warum sie ausgerechnet heute in die Schule musste. Immerhin war sie gestern dem Tod nur knapp entkommen. Aber ihr Vater war da leider anderer Meinung. Wie Eltern irgendwie immer.

»Du hast einen kleinen Kratzer, mehr nicht«, sagte er.

»Hast du mal was von Spätfolgen gehört?«

»Spätfolgen?« Ihr Vater sah sie prüfend an. »Verschweigst du mir was?«

»Quatsch ... Nein«, sagte Sue und umfasste unauffällig ihren linken Arm, der zum Glück gerade sichtbar war.

»Na dann ist ja alles in Ordnung. Solltest du in der Schule merken, dass es partout nicht geht, ruf Mama an. Ich kann dich heute nicht abholen.«

Und das war der andere Punkt, warum Sue mies gelaunt war. Ihr Vater hatte ihr beim kurzen Frühstück mit Rührei und frischen Tomaten erklärt, dass er für ein paar Tage auf Konzertreise nach Prag müsse. Sue war vor Schreck das Ei gleich wieder aus dem Mund gefallen.

»Du kannst mich jetzt echt nicht mit Mama allein lassen. Nicht nach gestern Abend.« Aber ihr Vater hatte nur mit den Augen gerollt, sich seinen großen Kontrabass geschnappt und war nach draußen gegangen. Sue, die sich schnell einen zweiten Schulrucksack besorgt hatte, rannte ihm hinterher.

»Es sind nur fünf Tage«, sagte Christoph und sperrte die Haustür zu.

»'ne halbe Ewigkeit«, erwidert Sue.

Ihr Vater ignorierte das Mädchen und ging den kleinen, vom Tau feuchten Pfad durch den Garten hinab zur Straße, wo der blaue Bus parkte. Aber Sue wollte nicht so einfach aufgeben. »Totes Mädchen gefunden«, sagte sie dramatisch, »lag seit Tagen in ihrem Bett, niemand hat sie vermisst.«

Christoph blieb stehen.

»Du übertreibst. Maßlos.«

»Tu ich das? Ich bin gestern mit gefühlt tausend Litern Flüssigkeit überschüttet worden. Keiner sagt mir, was das für'n Zeug war und keinen scheint's zu interessieren.«

»Mama schon«, erwiderte Christoph und öffnete die Tür vom Bus.

»So'n Quatsch.«

Christoph seufzte. »Sie hat mir versichert, dass die Flüssigkeit für Menschen vollkommen ungefährlich ist.« Er verstaute seinen riesigen Kontrabass im Bus.

»Und das weiß sie, weil sie das Zeug vorher an kleinen süßen Mäusen in ihrem Labor getestet hat?«

»Sue, es reicht!« Christoph stieg in den Bus und wartete, während Sue ihn durch die Windschutzscheibe beobachtete. Er hupte mehrmals ungeduldig, bis Sue sich auf den Beifahrersitz setzte. Sie holte ihren Supermooon-Thermobecher aus dem Rucksack und öffnete den Verschluss. Heißer Dampf stieg aus der kleinen Öffnung, es roch nach Pfefferminz.

»Weißt du eigentlich, dass Mama meine Jacken chippt?«

»Siehst du«, antworte ihr Vater und versuchte mal wieder verzweifelt, den Motor zum Laufen zu bringen. »Sie macht sich eben Sorgen.«

»Ich bin aber kein Haustier, das man einfach so markiert.«

Der Motor erstarb kläglich und Christoph drehte sich genervt zu Sue. »Hör mal. Mama hat mir versprochen, dass sie sich morgen freinimmt. Dann könnt ihr was Schönes zusammen machen.«

Sue lachte. »Soll ich dir sagen, wie das wird? Sie hat 'ne coole Idee, wir fahren in die Stadt, dann klingelt ihr Handy und …«

»… ihr stopft euch mit fünf Kilo Popcorn den Bauch voll und schaut kitschige Filme. Klingt doch super.«

»Schön wär's. Ihr Handy wird sofort klingeln, sie wird sagen: Dauert nur zwei Minuten Schatz, und dann sitze ich für die nächsten zwei Stunden auf einer Parkbank mitten in der Stadt und zähle Taubenscheiße.«

Endlich sprang der Bus an. Gerade als Sue einen Schluck aus dem Thermobecher nehmen wollte, legte ihr Vater den Rückwärtsgang ein, fuhr an und heißer Pfefferminztee schwappte auf ihr neues Captain-America-T-Shirt.

Auch ihr linker Arm bekam ein paar Tropfen ab und ein stechender Schmerz durchzuckte sie. Irgendetwas stimmte nicht mit ihrem Arm, das spürte Sue. Sie wusste nur nicht genau, was. Noch einmal ließ ihr Vater den blauen Bulli ruckartig anfahren.

»Papa!«

»Was?«

»Machst du das absichtlich?«

»Nie im Leben. Ach übrigens, du hast da gekleckert.«

Christoph lachte, gab Gas und rauschte durch den herbstlichen Vorort von Markholm, der sich auf den nahenden Winter vorbereitete.

Gib mir ein Tee

Sues Schule stand am Rand der Altstadt von Markholm in einer sehr ruhigen Gegend. Von Ostern bis Oktober kamen hier sonst nur Touristen her, um die altehrwürdigen Mauern des ehemaligen Klosters zu betrachten, in der jetzt mit der Markholm High eine Eliteschule war, die allerdings, wie Sue fand, viel zu viel Geld kostetet. Und Geld war im Hause Hartmann stets notorisch knapp, vor allem wenn ihr Vater keine Konzerte hatte.

Der blaue Bus hielt direkt vor dem eisernen Tor zum Schuleingang und Sue sprang hinaus. Heute hatten sie Glück. Sie waren so spät dran, dass die SUVs der Neureichen, die Suffis, wie Sues Vater sie gern nannte, schon weg waren.

»Verräter!«, rief Sue laut, um den stotternden Motor zu übertönen, und schmiss, gespielt beleidigt, die Tür zu.

»Schmolli!«, sagte Christoph und schmunzelte.

Sue blieb stehen. Sie wartete kurz, ob ihr Vater noch eine zweite Beleidigung nachschob, drehte sich dann um, rannte zu ihrem Vater zurück und fiel ihm mit voller Wucht um den Hals.

»Hab dich lieb«, sagte ihr Vater.

»Ich dich auch«, antwortete Sue. Ihr war egal, ob andere das peinlich fanden. Sie jedenfalls umarmte ihren Papa.

»Was'n das?« Christoph deutete auf ihren Rucksack mit den pinken Blümchen und Schleifchen. Die Frage musste ja kommen, dachte Sue, und wollte am liebsten antworten: Da mein eigentlicher Rucksack randvoll mit stinkender Kotze ist, war ich gezwungen, dieses abartige Geschenk meiner Tante, die mich damit irgendwie zu einem besseren Mädchen erziehen wollte, mit in die Schule zu nehmen. Stattdessen fragte sie lediglich: »Wieso?«

»Na … ungewöhnlich, die Farbe, für dich.«

Sue drehte sich um, ließ ihren Vater stehen und lief singend Richtung Schule: »Viel Spaß in Prag!«

Christoph nahm den Singsang auf und antwortete: »Viel Spaß in der Schule!«

»Hab ich immer.«

»Lügnerin«, flüsterte Christoph. Sue hatte es trotzdem gehört.

Es klingelte. Sue wusste, dass sie, wenn sie in diesem Tempo weiterlaufen würde, sehr wahrscheinlich die ersten Minuten der Mathestunde verpassen würde. Was an sich kein Problem war. Aber dadurch, dass sie schon zwei Einträge im Klassenbuch hatte, wollte sie unter allen Umständen ein nerviges Elterngespräch vermeiden. Also beschleunigte sie, bog in den langen Gang mit den Spinden ein und steuerte zielgerichtet ihren grauen Schrank an.

Rucksack ab, Schlüssel rein und … Igitt. Ein fetter, nach Himbeere stinkender Kaugummi zog beim Öffnen der Schranktür einen langen Faden. Irgendein Idiot hatte dieses ekelhafte Zeugs in die Ritze ihres Schranks gedrückt. Was für eine hirnfreie Aktion.

Mit einem Taschentuch entfernte sie den Kaugummi und sah, dass an jedem Schrank kleine grüne Flyer steckten, außer an ihrem. Es war Werbung für die große Halloween-Party der Schule, die Zicke Eileen und ihre Barbietruppe organisierten und die natürlich von Eileens Vater finanziert wurde. Schon seit den

Sommerferien gab es auf dem Schulhof kaum noch ein anderes Thema. Wer würde kommen? Welches Kostüm wäre passend? Was würde es zu essen geben? Sue gähnte. Alles pure Langeweile. Sie holte ihr Supermoon-Comic, das Einzige, was im ansonsten leeren Rucksack war, heraus, schmiss den pinkschwarzen Girlie-Sack ins Innere und verschloss die Tür. Da hörte sie eine Stimme.

»Eine Halloween-Party? Cool!«

Sue sah auf. Vor ihr stand ein Junge, den sie hier noch nie gesehen hatte. Mit cooler Lederjacke, einer roten Wollmütze und hübschem Gesicht.

»Äh … Hi!«, stammelte sie.

Der Junge zeigte auf den gut sichtbaren Teefleck, der leider genau da war, wo Jungs im Allgemeinen gerne hinschielten, und sagte: »Du hast da …«

Ja, ich hab da, dachte sie und überlegte, mit welch flottem Spruch sie dieses Malheur überspielen konnte. Sie räusperte sich.

»Ja … Ich bin Tee.« Okay. Das war nicht unbedingt ein cooler Spruch. Das war eher peinlich. Mit seinem breiten Grinsen zeigte der Junge, dass er es ebenso verstanden hatte. Verdammt. Da wurde sie zum ersten Mal, seit sie sich erinnern konnte, von jemandem in der Schule angesprochen, und dann brachte sie nicht mal zwei vernünftige Sätze heraus. Sue räusperte sich und sagte: »Ich meine Tee. Das ist Tee. Pfefferminztee.« Das machte wenigstens halbwegs Sinn, auch wenn es nicht wirklich viel intelligenter klang.

»Oh, trägt man das heute?«

»Klar … Superhelden tun das.« Sie lächelte. Das war schon besser.

»Okay. Ich bin Tobi. Tobias Grimm. Auch mit T, aber ohne Tee.«

Tobi streckte altmodisch seine Hand aus. Sue, die vor Schreck ihren Supermoon-Comic fallen ließ und ebenfalls nach Tobis Hand greifen wollte, sagte:

»Ich bin …«

»… mein Becherhalter«, rief eine Stimme hinter ihr, schob einen viel zu heißen Kakaobecher in Sues geöffnete Hand und ergriff stattdessen Tobis.

Der Becher war extrem heiß und Sue pustete instinktiv gegen ihre Finger, was nicht wirklich etwas brachte. Und während Evil Eileen sich frecherweise vor sie schob und mit ihren roten Lippenstiftlippen grinsend den neuen Schüler begrüßte, wich Sue zurück, weil ein starker Schmerz ihren ganzen Körper durchzog.

»Du bist der Neue, oder? Ich bin Eileen. Hier …«, sie reichte ihm einen Flyer, »Unsere Halloween-Party. DJ Goblin legt auf. Bist eingeladen. Wer im Kostüm kommt, hat freien Eintritt.«

Sues Schmerz verschwand, dafür zog ein eiskalter Schauer durch ihren Arm, kribbelte wie tausend Ameisen und legte sich fröstelnd über ihren ganzen Körper. Sie atmete schneller, die Geräusche um sie herum verblassten und wurden dumpf. Es war, als hätte sich eine glibberige, eiskalte Maske über Sue gelegt.

»Wo ist sie hin?«, fragte Tobi und schob Eileen, die gerade mit ihrem Handy ein Selfie machen wollte, unsanft beiseite.

Doch das Einzige, was die überschminkte Dumpfbacke zu sagen hatte, war: »Wo ist mein Kakao?«

Was meinte sie?, dachte Sue, die Eileen den noch immer dampfenden Kakaobecher hinhielt. Und da fiel es ihr auf. Ihr Arm war wieder nicht zu sehen, war verschwunden. Ihr anderer Arm auch. Sie schluckte. Konnte das sein? Ihr Herz raste. Wie automatisiert setzte sie sich in Bewegung und rannte Richtung Toilette. Sie hörte von weitem noch, wie Tobi rief: »Du hast deinen Supermoon-Comic vergessen.«

Dann war Sue schon um die Ecke. Sie stieß beinahe mit einem händchenhaltenden Pärchen zusammen, konnte ausweichen, touchierte dabei den immer furchtbar gut gelaunten Vertrauenslehrer mit seinen Jesuslatschen, verlor beinahe das Gleichgewicht und stieß mit der Schulter und letzter Kraft die Tür zur Toilette auf.

Wir sehen uns

Zum Glück war die Toilette leer. Sue rannte zu den Waschbecken, drehte planlos sämtliche Hähne auf, bespritzte ihr Gesicht mit Wasser, so als könnte man die Unsichtbarkeit wie Dreck abwaschen und fluchte lautstark vor sich hin. Erst der Arm, jetzt der ganze Körper. Das konnte doch alles nicht wahr sein. Es musste etwas mit der blauen Flüssigkeit zu tun haben, auch wenn ihre Mutter beteuerte, dass die völlig harmlos sei. Lüge.

Sie sah in den Spiegel. Aber da war nichts. Sue war komplett unsichtbar. Unsichtbar!!!! So etwas gab es in Geschichten und Büchern, in Superhelden-Comics oder billigen Horrorheften. Aber das hier war doch keine Geschichte. Sue stand im Hier und Jetzt, in einer nach Urin und Chlor stinkenden Schultoilette und fragte sich, was das ist und wie sie das alles wieder rückgängig machen sollte.

Verzweifelt zog sie am Handtuchspender. Da ging direkt hinter ihr eine Spülung los. Verdammt. Sue drehte sich um. Ein Reißverschluss war zu hören, ein Deckel fiel knallend herunter, die mittlere Klotür ging auf.

Ein Mädchen kam heraus, dass Sue nur flüchtig kannte. Sie war aus der Sechsten, jünger als Sue, trug langes braunes Haar und eine altmodische Jeansjacke. Als sie zum Waschbecken hinüber gehen wollte, hielt sie erschrocken inne.

Beide Wasserhähne, die Sue panisch aufgerissen hatte, liefen noch. Wie im Reflex drehte Sue das Wasser ab. Das Mädchen wurde noch bleicher.

»Scheiße«, sagte Sue laut. Unsichtbare sollten vielleicht keine Wasserhähne zu machen. Für das Mädchen musste es so ausgesehen haben, als hätten die Dinger sich wie von Zauberhand geschlossen.

»Scheiße«, wiederholte sie noch einmal lauter. Vorsichtig drehte sie sich wieder um. Das Mädchen stand noch immer neben der Klotür und hatte sich keinen Zentimeter bewegt.

»Ist da wer?«, fragte das Mädchen mit zittriger Stimme. In dem Moment machte der Handtuchspender noch einmal eine halbe Drehung und ratterte dann zwei Sekunden im Leerlauf.

»Hilfe« entfuhr es dem Mädchen. Laut schreiend rannte sie auf den Flur hinaus.

Na super, dachte Sue. Wenn sie sichtbar war, interessiert sich niemand für sie. Aber jetzt, wo sie plötzlich nicht mehr gesehen werden konnte, sorgte sie mit einem Mal für mehr Aufmerksamkeit als im gesamten Schuljahr. Sie musste von hier verschwinden. So schnell wie möglich. Noch einmal öffnete sie den Wasserhahn und ließ eiskaltes Wasser über ihre Hände fließen. Da war er wieder, der kalte Schauer, zog sich langsam zusammen, krabbelte wie tausend kleine Finger über ihren Rücken und ließ den Arm wie einen durchsichtigen Glaskörper erscheinen. Kurz darauf konnte Sue im Spiegel beobachten, wie auch ihr Körper erst wie milchiges

Glas schimmerte und dann seine alte Form und sein altes Aussehen annahm. Sie wurde wieder sichtbar.

Genau in dem Moment kam das Mädchen zurück in die Toilette. Allerdings nicht allein.

»So, Jean, jetzt zeig mir doch mal, was du gesehen hast.«

Frau Gunnarson hatte wieder ihren geringelten Schafwollpullover an, über den sich schon die halbe Schule lustig machte. Jean starrte völlig entgeistert zu Sue, die, für alle absolut sichtbar, vor den Waschbecken stand.

»Guten Morgen Susanne«, sagte die Gunnarson.

»Morgen!«, antwortete Sue höflich, darauf konzentriert, nicht panisch zu klingen.

»Ich schwöre, eben war hier jemand. Also nicht sie. Sondern …« Jean war außer sich.

»Sondern?« Frau Gunnarsons Neugier war nicht gespielt.

»… jemand Unsichtbares.«

»Aha!« Der Blick der Lehrerin verriet alles.

»Hast du vielleicht etwas Ungewöhnliches gesehen?«, fragte Frau Gunnarson Sue und betonte dieses Wort »gesehen« besonders.

Sue schüttelte den Kopf und dachte nur, hoffentlich passiert es nicht noch mal … hoffentlich passiert es nicht noch mal. Ihre Hände tropften noch, und instinktiv wechselte sie hinüber zum Heißluftföhn, der mit einem lauten Klick ansprang.

»Aber es war hier. Ich hab's gesehen. Also … nicht wirklich gesehen.« Jean kamen die Tränen. Sue tat das Mädchen irgendwie leid. Doch was sollte sie machen? Sie konnte ja schlecht zu Frau Gunnarson sagen, dass sie eben noch vollkommen unsichtbar vor dem Spiegel gestanden hatte.

»Du kommst jetzt erst mal mit mir mit. Und Susanne ... wir sehen uns gleich.«

»Äh ... ja«, rief Sue.

Dann schob Frau Gunnarson Jean freundlich, aber bestimmt aus der Toilette. Sue betrachtete ihren Arm, der unter der heißen Luft des Trockners schon wieder glasig wurde und zu verschwinden schien.

»Hoffentlich sehen wir uns«, flüsterte Sue und schüttelte fassungslos den Kopf. Ein eiskalter Schauer übermannte sie, Arm und Ellenbogen waren schon wieder verschwunden. Dann kam dieser stechende Schmerz. Sue blickte erneut in den Spiegel. Aber sie war bereits wieder verschwunden.

Heiß und kalt, dachte sie. Heiße Luft und kaltes Wasser. Hatte das mit der Unsichtbarkeit zu tun?

Auf Sue, lauf!

Sie war ein Freak. Gut. Das war sie vorher auch schon. Aber jetzt war sie noch viel freakiger, wenn es da überhaupt eine Steigerung gab. Sie musste jederzeit damit rechnen, unsichtbar zu werden. Ganz oder teilweise. Man würde sich über sie lustig machen, sie meiden, sie ignorieren. Okay, auch das tat man jetzt bereits. Trotzdem war nun alles noch viel schlimmer. Niemand würde es jetzt noch auf ihre »Pubertät« schieben und entschuldigen. Niemand!

Man möchte meinen, dachte Sue, wenn man unsichtbar ist, sei alles viel einfacher. Die Leute sehen einen nicht, man kann bei Rot über die Ampel rennen, man könnte sogar nackt durch die Stadt laufen. Aber die Realität ist leider deutlich komplexer. Eben weil man unsichtbar ist. Die Leute sehen einen nicht und nehmen natürlich auch keine Rücksicht.

Sue rannte schnell wie ein Blitz durch die Straßen, krachte mit drei oder vier Leuten fluchend zusammen, hatte Glück, dass die es auf ihre eigene Blödheit schoben und weitergingen.

Sie sprang in die 23. Im letzten Moment, kurz bevor der Fahrer die Tür schloss. Einen Fahrschein brauchte sie nicht, einer der Vorteile von Unsichtbarkeit. Nur hinsetzen traute sie sich nicht. Was, wenn sich jemand genau da hinsetzen wollte, wo sie unsichtbar saß? So blieb sie lieber stehen und hoffte inständig, nicht plötzlich sichtbar zu werden. Keine Ahnung, was sie dann sagen sollte. Glücklicherweise aber blieb sie unsichtbar und musste nur aufpassen, dass sie den ein- und aussteigenden Fahrgästen genügend Platz machte, sodass diese sie nicht anrempelten. Der Bus fuhr in die Innenstadt, rauschte vorbei an den gläsernen Hochhäusern des Finanz- und Bankenviertels, passierte die endlosen Betonbrücken und Stahlaufbauten am internationalen Flughafen und bog dann durch einen Tunnel in das vorgelagerte Industriegebiet ab.

Gleich hinter dem Tunnel floss der breite Strom der Laar. An manchen Tagen sah man hier eines dieser riesigen Containerschiffe, die sich beinahe unwirklich, einer schwimmenden Stadt gleich, durch den engen Fjord schoben und den Hafen von Markholm ansteuerten. Am gegenüberliegenden Ufer stapelten sich seit Jahrzehnten gigantische Schiffswracks, die hier teilweise zerlegt und dann sich selbst überlassen wurden. Vergessen und mit wilden Büschen und Bäumen überwachsen. Früher war Sue hier oft mit ihrem Vater unterwegs gewesen, hatte sich verbotenerweise zwischen den leblosen Schiffskörpern herumgetrieben und sich Geschichten ausgedacht. Geschichten, die auf anderen Planeten spielten oder in einer geheimen Unterwasserwelt.

Sue sah zu den kleinen Monitoren, die an der Busdecke hingen und auf denen es nur ein einziges Thema gab: der Unfall in der *DEC*.

»Guten Morgen Markholm, hier ist Lisa Wells von News24 mit den neuesten Entwicklungen zur Havarie in der *DEC* am gestrigen Abend.«

Scheinbar gab es eine Nachrichtensperre, denn zumindest Lisa Wells, die charmante Moderatorin von News24, konnte nur spekulieren. Es hieß, es habe ein Feuer in der Heizungsanlage gegeben. Vielleicht sei auch ein Tankwagen explodiert. Man wisse es nicht genau. Direktor Jonas Drill schwieg und ließ über sein Büro ausrichten, dass man alles unter Kontrolle habe und sich die Bürger Markholms keine Sorgen machen müssten.

»Nächste Haltestelle Drill Enerschie Koporäschen«, nuschelte der Busfahrer, was übersetzt Drill Energy Corporation heißen sollte.

Sue drückte auf den Halteknopf.

Zischend öffnete sich die Tür. Sue sprang hinaus. Leider übersah sie dabei einen Dackel, stieg dem armen Hund volle Kanone auf den Schwanz, sodass dieser laut bellend und jaulend aufsprang.

Sue ignorierte die verwunderten Fahrgäste und lief weiter. Direkt auf die *DEC* zu, wo noch immer Feuerwehrautos, Polizei- und Krankenwagen standen.

Mama

Heiß und Kalt. Sue dachte noch immer darüber nach, wie der Mechanismus funktionierte. Sie war unsichtbar geworden, als sie ihre Hände unter dem Heißluftföhn trocknen wollte. Und sichtbar, als kaltes Wasser über ihren Arm floss. Das war doch kein Zufall. Oder doch?

Dieses Mal war es kein Problem, an den uniformierten Sicherheitsleuten vorbeizukommen. Zum Glück gab es weder Wärmebildkameras noch Bewegungssensoren. In Filmen zumindest waren Unsichtbare durch solche Kameras einfach zu entdecken ...

Vor den Toren der *DEC* parkten gepanzerte Fahrzeuge, weiße Zelte waren vor dem Hauptgebäude aufgeschlagen, Männer und Frauen in Schutzanzügen und Atemmasken liefen herum; die Pressemeute wartete ungeduldig und wurde natürlich nicht zum Tatort vorgelassen. Hubschrauber kreisten über dem Gelände und wurden von unbemannten *DEC*-Drohnen abgedrängt. Das ganze Areal glich einem Hochsicherheitsgefängnis, dachte Sue, mehr noch als zuvor. Was hatte Jonas Drill zu verbergen? Wie gefährlich war die Flüssigkeit wirklich?

Um darauf eine Antwort zu bekommen, musste Sue ihre Mutter finden. Was sich als einfacher herausstellte als gedacht. Natürlich war ihre Mutter in ihrem Labor. Maria trug einen blauen Schutzanzug und diskutierte gerade mit Lenia und Drill. Harmonisch schien das Gespräch nicht zu sein.

Soweit Sue erkennen konnte, war das Labor bei der Explosion weniger schwer beschädigt worden, als zunächst angenommen. Wie allerdings der Reaktorraum aussah, konnte sie anhand der aus der Schleuse gebrachten Trümmer nur erahnen. Drill redete wild gestikulierend, drohte, schrie, drehte sich dann, ohne auf eine Antwort zu warten, um und verschwand. Was für ein Arschloch, dachte Sue.

Erst jetzt spürte die Unsichtbare, wie müde sie eigentlich war. Jeder Schritt fiel ihr schwer. Selbst ihre Gedanken bewegten sich wie in Zeitlupe. Vielleicht war sie doch zu schnell gerannt oder vielleicht war die Unsichtbarkeit für ihren Körper anstrengender als gedacht.

»Maria!« Sues Stimme klang kratzig, heiser und schwach.

Ihre Mutter schaute sich verwundert um.

Sue kam ins Straucheln, stützte sich an dem kleinen Labortisch ab, riss dabei Reagenzgläser zu Boden und rief: »Sorry!«

Jetzt erkannte Lenia ihre Stimme.

»Sue?«

Sue spürte, wie ihr schwindelig wurde. Alles drehte sich. Sie verlor das Gleichgewicht und stürzte zu Boden.

Die kalten Schauer und das Kribbeln waren wieder da, ihr Körper verkrampfte sich, ihr Arm wurde sichtbar …

»Susanne?« Maria war wie vom Blitz getroffen.

»Ich heiße … Sue«, flüsterte Sue und ahnte verschwommen, wie die beiden sie besorgt ansahen, immer noch fassungslos darüber, was da gerade passierte.

»Ich …« Sues Stimme versagte. Maria kam näher, um sie besser verstehen zu können.

»Ich … kann mich unsichtbar machen.«

Dann wurde ihr schwarz vor Augen.

Forschungsobjekt

Sue erwachte in ihrem Zimmer. Supermoon lachte sie wie jeden Morgen freundlich an. Und in diesem Moment fiel ihr ein, dass sie ihren Comic gestern in der Schule vergessen hatte. Bei diesem, wie hieß er doch gleich, Tobi?

Verdammt. Sie sprang auf. Warum war der Comic ihr erster Gedanke? Warum nicht ihr viel größeres Problem? Sie sah sich um. Sah an sich herab. Diesmal zumindest war alles so, wie es sein sollte. Mal abgesehen davon, dass direkt unter ihrem Bett noch immer ein Schulrucksack voller Kotze stand und stank.

Ihr Handy summte. Die Nummer kannte sie nicht. Noch halb im Schlaf drückte sie auf das verschmierte Display und las: »Hi … Ich hab deinen Comic. Sehen wir uns in der Schle? LG«

Schle bedeutete wahrscheinlich Schule. Und LG? Wer war LG? Warum gingen immer alle Leute davon aus, dass man ihre Kontakte gespeichert hatte. Aber wahrscheinlich war es dieser grinsende Tobi. Sue gefiel der Gedanke und sie spürte, wie ihr ein wohliger Schauer über den Rücken lief.

Aus der Küche hörte sie Geklapper. Sie stand auf, tippelte barfuß über den eiskalten Boden, öffnete die provisorisch mit Tüchern zugehängte Glastür ihres Zimmers, ging zum Tisch im Wintergarten und setzte sich mit einem gruseligen »Guten Morgen!« hin.

Ihre Mutter hing nach vorne gebeugt über ihrem Laptop und schaute nicht einmal auf. Fürsorge, wie sie sie kannte, dachte Sue. Sie sorgte sich um ihre Formeln, Zahlen und Berechnungen mehr als um ihre Tochter.

»Geht's dir gut? Soll ich dir was zu essen machen?« Immerhin.

Sie hatte mitbekommen, dass ich hier bin, dachte Sue und musste lächeln. Sie stützte ihren Kopf auf ihre Arme und sah hinaus in den gelbrot verfärbten Wald. »Ich fühle mich, als wäre ich 10.000 Kilometer gerannt. Wie lange hab ich geschlafen?«

»Ziemlich lange. Du bist nicht mal wachgeworden, als Lenia und ich dich in dein Zimmer gebracht haben. Hier ... Das sollte gegen die Müdigkeit wirken.« Sie nahm eine Tasse vom Herd, aus der heißer Dampf emporstieg, und stellte sie mehr oder weniger liebevoll vor Sue ab. »Kohlenhydrate und Enzyme.« Sue roch an der Tasse und verzog das Gesicht. Das hatte eher was mit verfaulten Eiern gemein, als mit wohlduftendem, süßen Kakao. Sue liebte Kakao.

Sie nahm gedankenverloren die Tasse und merkte erst jetzt, wie eiskalt ihre Hände waren. Wahrscheinlich war ihr Blutdruck im Keller. Sie sah aus dem Fenster. Ihre Eltern hatten den alten Wintergarten zur Küche umfunktioniert, oder besser gesagt, sie waren noch dabei. Im Frühjahr und Herbst war es hier unglaublich schön. Jetzt aber, kurz vor Halloween, hielt man es ohne dicken Pulli kaum aus. Dafür hatte man einen wahnsinnig schönen Blick auf die kleinen Berge und Wälder, die Markholm umgaben. Sue liebte die Berge.

»Das ist ja eine unglaubliche Wirkung.« Maria strahlte förmlich, redete mit sich selbst. »Wir müssen noch 'ne Menge Tests machen. Ich hab 'ne Wärmebildkamera bestellt ...«

Sue schüttelte den Kopf. Wahrscheinlich waren alle Forscher so. Sie nahm einen Schluck des widerlichen Enzym- und Kohlenhydrategemischs und verbrannte sich dabei fast die Zunge. Das Zeug war nicht nur eklig, sondern leider auch extrem heiß.

»Ich hab dir Blut abgenommen und lasse es grade im Labor

überprüfen. Aber du …« Maria drehte sich um und betrachtete den leeren Tisch, auf dem die Tasse mit der ekelerregenden heißen Flüssigkeit stand.

»Susanne?«

»Was?« Sue nervte es, wenn ihre Mutter sie Susanne rief. Noch schlimmer war Susi, dann krachte es zwischen den beiden so richtig, und ihr Vater hatte Mühe, sie zu beruhigen.

»Du bist wieder unsichtbar.«

Scheiße. Also doch Hitze. Sue betrachtete die dampfende Tasse vor sich. Wenn ihre Theorie richtig war, dann bräuchte sie jetzt Kälte … Draußen war es kalt. Aber genügte das? Gestern war sie durch die halbe Stadt gerannt und es war nichts passiert. Also kältere Kälte.

Ihre Mutter glotzte fasziniert auf ihren Laptop.

Sue stand auf, öffnete den Kühlschrank, dann das Eisfach und spürte langsam kühle Schauer. Den Krampf merkte sie kaum noch, das Kribbeln verschwand, und plötzlich stand Sue wieder sichtbar neben ihrer Mutter.

»Wow.« Mehr brachte Maria nicht heraus. Sue schloss den Kühlschrank.

»Wie hast du das gemacht? Weißt du schon, wie man's steuern kann? Reagiert es auf äußere Einflüsse?« Ihre Mutter überschüttete sie mit Fragen. Typisch.

»Warm und Kalt. Glaub ich zumindest«, nuschelte Sue. Sie hatte eigentlich keinen Bock, ihre Erkenntnisse mit ihrer Mutter zu teilen, aber irgendwer musste ihr ja helfen.

Maria nickte. Das ergab durchaus Sinn, fand sie.

»Faszinierend. Bei welcher Temperatur? Lass es uns gleich noch mal probieren.«

»Was?« Sue baute sich vor ihrer Mutter auf. »Spinnst du? Ich bin doch kein Versuchskaninchen. Was ist, wenn das für immer bleibt?«

Ihre Mutter merkte, dass sie über das Ziel hinaus geschossen war, und schaute sie mitleidig an. Das machte Sue allerdings erst richtig wütend.

»Ich kann mir nicht mal mehr die Hände waschen, ohne dass Teile meines Körpers verschwinden. Ich bin ein Monster. Ein Freak! Seit ich dieses blaue Zeug abbekommen habe.«

So hatte sie noch nie mit ihrer Mutter geredet. Aber es fühlte sich gut an. Trotzdem versuchte sie, sich ein bisschen zu beruhigen, und fügte leise hinzu: »Kannst du bitte machen, dass es wieder aufhört?«

Maria sah ihre Tochter besorgt an. Die langen rötlich schimmernden Haare waren vom Schlaf noch strubbelig. Sue hatte dunkle Augenringe, sie flehte förmlich nach Hilfe. Maria schluckte und legte ihre Hand auf Sues Schulter.

»Heute bleibst du fürs Erste zu Hause. Okay? Keine Schule. Kein Wort zu niemand. Hast du mich verstanden?«

Das war deine Antwort, dachte Sue. Sie wusste nicht mehr weiter, hatte keine Ahnung, was mit ihr passierte, und ihre Mutter bat sie einfach, im Bett zu bleiben? Wie bei einer Grippe?

Sue schüttelte Marias Hand ab, drehte sich wütend um und ging zurück in ihr Zimmer. Sie dachte nicht im Traum daran, wie ein kleines Kind im Bett zu bleiben. Außerdem hatte dieser Tobi noch immer ihren Comic. Sie musste hier weg. So schnell wie möglich.

Alpenjodel

»Das ist die Mailbox von Christoph Hartmann. Ich melde mich, sobald ich kann, es sei denn, die Welt geht unter.«

Ja, Papa … Die Welt geht gerade unter, schrie Sue innerlich. Frustriert drückte sie auf den roten Knopf ihres Handys. Sie hatte ihrem Vater jetzt gefühlt eintausend Nachrichten auf seinen Anrufbeantworter gesprochen. Ohne Reaktion.

Musik dröhnte über den Schulhof und Sue blieb stehen. Sie hatte das Haus verlassen, kurz nachdem ihre Mutter ins Labor gefahren war, hatte den Bus in die Stadt genommen und extreme Hitze und Kälte gemieden. Soweit so gut.

Ein Paar Schüler standen herum und applaudierten lautstark einem angeberischen BMX-Fahrer, der Kunststücke vorführte. Er sprang über die Bänke, bremste scharf, stellte sich auf sein Hinterrad und genoss es sichtlich, angefeuert zu werden. In vorderster Reihe quäkten natürlich Evil Eileen und ihre Barbietruppe.

Sue wollte jeglichen Kontakt zu den anderen vermeiden und rechts an ihnen vorbei direkt ins Schulgebäude laufen. Als sie auf Höhe des BMX-Angebers war, bremste dieser scharf, schmiss sein Rad auf den Boden, setzte seinen Helm ab und drückte ihn Eileen in die Hände. Der Angeber war Tobi.

Und während Eileen noch versuchte, ihre Begeisterung mithilfe des geringen Wortschatzes, der ihr zur Verfügung stand, zum Ausdruck zu bringen: »Tobi, das war mega!«, hatte Tobi nur Augen für Sue.

»Hi!«, sagte er und stellte sich Sue mitten in den Weg. Jetzt wünschte sie sich, unsichtbar zu sein.

»Du kannst ja Fahrrad fahren«, sagte sie frei heraus.

»Und du bist gestern einfach ... verschwunden«, konterte Tobi.

Da hatte er nicht ganz unrecht, dachte Sue. Aber das konnte sie so leider nicht sagen.

»Ja, passiert gerade öfter«, antwortete sie kurz.

Tobi öffnete seinen Rucksack und holte ihren Supermoon-Comic heraus.

»Das' deins, oder?« Sue nickte. Sie griff nach dem Comic, aber Tobi hielt ihn fest in seiner Hand. »Ich hab Heft zwei zu Hause.«

»Die zwei? Echt?« Sue war überrascht, denn das zweite war ein Fehldruck, es gab maximal fünf Exemplare weltweit. Sie kannte niemanden, der eine solche Ausgabe besaß. War Tobi etwa auch ein Comicfan? Sammelte er Supermoon? Bevor sie noch etwas sagen konnte, schob sich Eileen zwischen die beiden.

»Also, den Schulfreak kennst du ja jetzt.« Eileens Barbietruppe lachte hinter ihr. »Wegen der Halloween-Party übermorgen. Die is' im alten Stadtbad. Weißt du schon, wo das ist? Ich könnte dich auch abholen lassen. Mein Vater hat einen Chauffeur.«

Laberlaberlaber. Sue entschied sich, weiterzugehen. Sie konnte sich den Comic auch später geben lassen. Aber Tobi hatte offensichtlich keine Lust, mit Beauty-Eileen zu quatschen und folgte ihr.

»Hey. Warte ... Sue!«

Sue drehte sich um.

Eileen wollte allerdings nicht so schnell aufgeben: »Lass sie. Die ist nicht ganz richtig im Kopf. Keine Freunde, liest den ganzen Tag nur diese Superheldenscheiße.«

Tobi betrachtete den Comic in seiner Hand. »Du meinst das hier?« Eileen kniff die Augen zusammen und versuchte anscheinend, den Titel zu lesen. Da stellte sich Sue demonstrativ neben Tobi und legte ihren Arm auf dessen Schulter.

»Lass ihn in Ruhe, Tussi!« Sue war erstaunt über sich selbst. Aber es fühlte sich gut an. Eileens Gesicht verfinsterte sich. »Hat dich irgendjemand nach deiner Meinung gefragt, Freak?«

Noch ehe Sue reagieren konnte, klingelte Eileens Handy. So laut, dass es fast der gesamte Schulhof hören konnte. Der Song passte so gar nicht zu Eileen. Es jodelte und schnulzte im tiefsten Alpendialekt.

»Das ist nicht von mir! Das ist nicht mein Klingelton!«, sagte die schockierte Barbie. Sie klang schon beinahe verzweifelt, weil mittlerweile etliche Schüler ihre Mobiltelefone gezückt und auf Aufnahme gedrückt hatten. Eileen versuchte panisch, diese grausame Melodie wegzudrücken. Vergebens. Alle lachten. Sie war die Idiotin des Tages.

Eileen rannte, gefolgt von ihren Groupies, mit dem Jodelsong ins Schulgebäude. Das konnte kein Zufall sein, dachte Sue. Ein Handy, das genau im richtigen Moment klingelte und damit einen Konflikt löste. Hier hatte doch irgendjemand seine Finger im Spiel.

Sie schaute sich um. Vor der Turnhalle stand ein riesiges, aus alten Gerüstteilen und Bierkästen zusammengeschraubtes Lastenrad. Ein Gefährt mit breiten Reifen, einem Lenker wie von einer Harley und einem Elektromotor. So ein geniales Monstrum hatte sich Sue immer gewünscht. Auf dem Rad hockte ziemlich cool ein Mädchen mit dichtem schwarzem, lockigem Haar, nicht viel älter als sie und tippte grinsend auf einem Gerät herum, das aussah wie ein altes Klapphandy. Sie war es, wusste Sue, sie hatte es getan.

Sue rief: »Danke.«

Das Mädchen auf dem Rad sah sie an und grinste.

»Das heißt nicht, dass wir jetzt Freunde sind. Kapiert?« Sie klappte ihr seltsames Gerät zusammen, steckte es in die großen Taschen ihres langen schwarzen Parkas und betätigte einen roten Knopf am Lenker.

Der Elektromotor sprang an und das Mädchen sauste, kurz nickend, an Sue vorbei in Richtung Turnhalle. Sue war sich ziemlich sicher, dass sie das Mädchen schon mal gesehen hatte. Und sie glaubte auch zu wissen, wo. Unten im Keller. Direkt neben der Wohnung des Hausmeisters gab es eine Art Raum, wo sich einmal die Woche der »Club der Erfinder« traf. Sue wusste das auch nur, weil sie einmal nach Schulschluss, als sie dem Hausmeister helfen sollte, die falsche Tür geöffnet hatte und mitten in einer Werkstatt stand, wo eben dieses Mädchen mit einem Schweißbrenner hantierte. Sie hatte Sue beiläufig erklärt, dass hier nur »Clubmitglieder« Zugang hätten und dann weitergeschweißt.

Sue sah dem Mädchen auf dem coolen Rad nach und wollte gerade gehen, als das Mädchen sich nochmal umdrehte und über den halben Schulhof brüllte: »Ich bin übrigens Kaya. Aber alle nennen mich App.«

»Okay … App!« Welch verrückter Name, dachte Sue, der passt ja wunderbar zu diesem Mädchen. Um ein Haar wäre sie beim Umdrehen in Tobi reingelaufen, der noch immer mit ihrem Comic in der Hand neben ihr stand.

»Oh … eh … Hi.«

Tobi grinste und setzte seine rote Wollmütze auf, die Sue ein bisschen schräg fand, weil die sie immer an Rotkäppchen erinnerte. Aber je länger sie ihn damit sah, desto cooler fand sie diese leuchtende Kopfbedeckung.

»Danke. Für eben«, sagte Tobi.

»Klar«, sagte Sue, weil sie nicht wusste, was sie sonst sagen sollte.

»Ja ... Ähm ... Ich wollte fragen ...«, begann Tobi.

Dann frag doch, dachte Sue.

»Ja ... Hast du vielleicht Bock ... Willst du?«

Konnte der seine sagenhafte Geschwindigkeit mal ein wenig steigern?

»Was will ich?«, versuchte sie ihm zu helfen.

»Ähm ... Na ja. Wir könnten ja mal was zusammen ...«

Sue lächelte, vielleicht half das ja.

»... machen?«

Sue antwortete so prompt und schnell »Klar«, dass Tobi ganz überrascht war. Wenn ich wieder sichtbar bin, meinen eigenen Körper unter Kontrolle habe und meine Mutter davon abgehalten habe, mich zu sezieren, dann gerne, dachte Sue. Manchmal war es besser, dass die Leute keine Gedanken lesen konnten.

»Cool.« Tobi schob gefühlt zum zehnten Mal seine Mütze hin und her und sortierte die Haare darunter.

»Ja«, sagte Sue.

»Klingt gut. Also ... Ich muss zur Schule«, stotterte Tobi weiter.

»Ich auch«, sagte Sue.

»Ja. Äh ... dann vielleicht später?«

»Später?«, fragte Sue.

»Ja ... heut Nachmittag?«

Das ging jetzt aber doch sehr schnell. Sue nickte trotzdem, obwohl sie eigentlich etwas anderes sagen wollte. Die Schulglocke läutete. Tobi sagte »Tschüss« und ging los. Sue wartete noch kurz und rief dann: »Und dein Fahrrad?«

Tobi zuckte zusammen. Das hatte er komplett vergessen. »Danke … Ich bring es mal schnell zu den … also da rüber.«

»Klar.« Sue spürte einen Krampf im Bauch, und dieses Mal war nicht ihre Unsichtbarkeit schuld daran. Ihr war flau und ein bisschen schwindelig. Konzentriere dich, dachte sie. Du kannst dir später noch Gedanken über diesen Jungen machen.

Dann hörte sie ihren Namen. Lenia stand am Schultor und winkte ganz aufgeregt mit den Armen.

Sue seufzte. Der Schultag wurde kürzer, als sie vermutet hatte.

NT26D

Die Standpauke ihrer Mutter war heftig: »Manchmal hab ich echt das Gefühl, ich rede mit einer Dreijährigen. Was ist denn bitte in dich gefahren? Du solltest doch zu Hause bleiben. Was hättest du gemacht, wenn es auf dem Schulhof passiert wäre? Vor all deinen Freunden?«

Freunden? Sue musste innerlich lachen. Ihre Mutter hatte sowas von überhaupt keine Ahnung von ihrem Leben. Das letzte Mal, dass Sue eine Freundin mit nach Hause gebracht hatte, war in der zweiten Klasse gewesen. Und das auch nur, weil sie ein Projekt für die Schule gemeinsam vorbereiten mussten.

Maria war allerdings so wütend, dass Sue lieber die Klappe hielt und nichts erwiderte. Dank der kleinen Überwachungschips in Sues Jacke war es für Maria kein Problem gewesen, Sues Aufenthaltsort zu lokalisieren. Lenia hatte sie daraufhin mit dem Auto abgeholt und zu ihrer Mutter ins Labor gebracht.

Lenia spürte, dass zwischen Maria und Sue gerade dicke Luft war und wollte helfen. So hatte sie die Musik im Auto laut aufgedreht, schief mitgesungen, gute Laune verbreitet und Sue unentwegt angestupst, bis die endlich bereit war, mitzusingen. Danach tauschten sie sich über Superhelden aus. Lenia war Ende zwanzig und wusste eine Menge über Comics. Sie hatte alle Supermoon-Alben gelesen, besaß die wirklich sehr raren Actionfiguren aus der teuren Deluxe-Edition, und war sogar schon mal auf einer Supermoon-Convention gewesen. Lenia war irgendwie in Ordnung, fand Sue. Sie hatte Verständnis für ihr Hobby und war die erste Erwachsene, von ihrem Papa mal abgesehen, die nicht von Comic-Spinnerei und hirnlosen Fantastereien sprach.

Im Labor war dafür jetzt dicke Luft. Wie ein Versuchskaninchen saß Sue auf einem Stuhl, der sie an einen Zahnarztstuhl erinnerte. Dann kam Maria zu dem entscheidenden Punkt. »Also …«, sagte sie, »bei der Explosion hattest du Kontakt mit *NT26D*. Das ist eine von mir entwickelte …«

Sue unterbrach ihre Mutter: »… harmlose Flüssigkeit?«

»Eine von mir entwickelte, genetisch veränderte Substanz, die eigentlich dafür gedacht ist, schwere Krankheiten und Verletzungen zu heilen. Das *NT26D* muss hier über deine Wunde am Arm in deinen Körper …«

Sie löste vorsichtig das Pflaster von Sues Oberarm und hielt die Luft an. Auch Lenia kam jetzt näher und hauchte: »Es funktioniert. *NT26D* heilt.«

Keiner widersprach. Die Wunde war tatsächlich verschwunden. Unter dem Pflaster war gesunde Haut zu sehen. Damit hatten die beiden Forscherinnen nicht gerechnet. Diese Entdeckung brachte sie für einen Moment aus dem Konzept.»Ich werde jetzt ein paar

Messungen vornehmen«, fuhr Maria aufgeregt fort. »Damit ich besser verstehe, was genau hier passiert. In Ordnung?« Sie versuchte es mit einem Lächeln, Sues Miene aber blieb finster.

»Okay«, sagte sie. Maria stand auf, holte etwas von ihrem Schreibtisch und reichte es Sue.

»Wenn du den knickst, wird es kurz warm, und du ...«

»Ich weiß, was ein Taschenwärmer ist.« Sie war doch nicht doof. Ihre Mutter vergaß immer, dass Sue zwölf Jahre alt war und viel mehr von der Welt verstand, als die meisten dachten. Sue knickte den kleinen durchsichtigen Beutel mit der Salzlösung. Die Wärme schoss sofort in ihren Körper. Ihre Finger verkrampften, der Schmerz wanderte vom Arm in den Kopf und dann ...

»Wahnsinn. Maria. Das ist ... sensationell.« Lenias Stimme überschlug sich. Fasziniert starrte sie auf den leeren Stuhl vor sich. Die Messinstrumente schlugen aus und Maria und Lenia rannten wie zwei Verrückte durch das Labor, schalteten weitere Geräte an, diskutierten über Zahlen auf den Monitoren und holten sogar eine Wärmebildkamera zu Hilfe.

»Könntet ihr euch bitte beeilen?« Sue hasste es, für Experimente benutzt zu werden. Ihre Mutter hatte mit ihr, als sie jünger war, immer wieder kleine harmlose Tests gemacht. Damals fand Sue es teilweise sogar lustig. Aber heute?

Lenia trat neben die inzwischen unsichtbare Sue. »Darf ich?« Sie griff nach Sues Arm.

»Klar«, sagte Sue.

Als Lenia Sue berührte, geschah etwas Merkwürdiges. Erst verschwand Lenias Hand, dann ihr Arm, dann war auch sie komplett unsichtbar. Krass, dachte Sue.

»Krasssss!«, rief Lenia.

Maria staunte ebenfalls: »Anscheinend wird es über den direkten Kontakt von Haut zu Haut übertragen.«

Das wurde ja immer verrückter. »Ich verstehe nicht«, sagte Sue, »Alles, was ich berühre, wird unsichtbar?«, fragte Sue.

»Sieht so aus«, murmelte Maria und starrte auf die Wärmebildkamera. »Es sei denn, du trägst Handschuhe.«

Lenia ließ Sues Arm los und wurde augenblicklich wieder sichtbar.

»Schade. Jetzt hab ich gedacht, ich wäre auch mal eine Superheldin.« Sie zwinkert Sue zu. Dann steckten Maria und Lenia ihre Köpfe zusammen und diskutierten. Sue war mal wieder vergessen.

»Die *NT26D*-Moleküle mutieren. Sie verschmelzen mit den roten Blutkörperchen und werden aktiv, sobald die Körpertemperatur auf ...« Maria schaltete den Monitor um und Lenia erschrak: »Es breitet sich rasant aus.«

»Viel schneller als gedacht«, sagte Maria erstaunt. »Je wärmer, desto länger bleibt sie unsichtbar.«

Sue griff sich eine Handvoll Eiswürfel vom Tisch und wurde umgehend sichtbar. »Und das heißt?«, fragte sie.

Maria, die entweder ihre Tochter nicht gehört hatte oder sie bewusst ignorierte, nahm einen Zettel und kritzelte etwas darauf. Dann nickte sie und sah Lenia besorgt an. »Wir müssen es vernichten. Sofort!«

»Was?«, rief Sue.

»Vernichten?« Nicht nur Lenia schien sich verhört zu haben.

»Lenia, denk doch mal nach. Ja, vielleicht kann *NT26D* heilen. Aber was ist, wenn alle Leute, die es nehmen, unsichtbar werden? Oder noch schlimmer, unkontrolliert mutieren?«

Lenia setzte sich auf einen der beiden Rollstühle und strich sich ihr gelocktes Haar hinters Ohr. »Müssen wir deshalb wieder bei null anfangen?«

»Nichts kann rückgängig gemacht werden, was einmal gedacht«, zitierte ihre Mutter gedankenverloren aus »Die Physiker«.

»Aber wir haben etwas Gutes erdacht. Maria, bitte!« Lenia flehte beinahe.

Noch immer hatte sich niemand an Sue gewandt.

»Die Verantwortung trage allein ich. Kein Wort zu niemandem. Auch nicht zu Drill.« Dann riss Maria die Stecker aus dem Monitor und schaltete alle anderen Computer im Labor aus. Es wurde gespenstisch still und dunkel.

»Maria, bitte lass uns die Daten noch mal überprüfen. Vielleicht haben wir etwas übersehen.« Lenia versuchte ein letztes Mal, Maria von ihrem Schritt abzuhalten. Sie wollte nicht aufgeben. Nicht jetzt und vor allem nicht zu einem Zeitpunkt, wo erwiesen war, dass *NT26D* funktionierte.

Doch Maria fuhr unbeirrt fort, sie hatte jetzt auch die Festplatten eingesammelt und begann, Zettel und Akten zu schreddern.

»Was tut ihr?«, fragte Sue. »Ich dachte, ihr wollt mir helfen? Wenn du alles vernichtest, wie willst du dann ein Gegenmittel herstellen?«

Maria hielt inne und drehte sich zu ihrer Tochter um. »Susanne. Ich kann dir das erklären. Aber nicht jetzt. Lass uns später darüber reden.«

»Du bist nie für mich da. Du hattest nie die Absicht, mir zu helfen, oder? Es geht wie immer nur um deine Forschung. Ich bin dir scheißegal.«

Sue schnappte sich ihren Rucksack, ein paar Taschenwärmer und rannte zum Ausgang.

»Susanne«, rief ihre Mutter ihr nach.

Aber Susanne war schon an der Tür und schrie: »Ich heiße Sue!«

»Bitte. Sue. Komm zurück. Die Situation ist gefährlicher, als du denkst.«

»Du weißt doch, wie du mich findest.«

Dann war sie auch schon weg.

Club der Loser

Sue rannte wie ein Wirbelwind. Dieses Mal komplett sichtbar und vollkommen ungeschützt. Vorbei an den verdutzten Wachen, vorbei an den Forschern in ihren blauen und weißen Schutzanzügen, vorbei an den Polizeiwagen, vorbei auch an dem verdutzten Drill, der seine persönliche Assistentin gerade zur Schnecke machte. Sie rannte. Weiter und immer weiter. Zur Schule.

Sie konnte nicht genau sagen warum, es war wohl ein Reflex. Erschöpft und schweißgebadet kam sie dort an. Ihr Herz pochte. Der Schulhof war leer. Einige Räume waren erleuchtet, aber die meisten waren dunkel.

Sue zog ihre Kapuze tiefer ins Gesicht, betrat das Gebäude und stieg die breite Treppe hinab in den Keller. Verlorenes Stockwerk wurde der Keller von den Lehrern oft genannt. Wer hier nicht unbedingt runter musste, der mied diesen Bereich der Schule.

Vor der schmalen Tür mit der Aufschrift »Club der Erfinder«, die ganz am hintersten Ende des dunkelsten Ganges mit den kaputten Neonröhren war, hielt sie an. Irgendwer hatte mit einem Edding »Club der Loser« darüber gekritzelt. Sie öffnet die Tür und trat ein. Gelbes Licht fiel von außen durch die schmalen Fensterluken, die mit Zeitungspapier und alten Skizzen zugeklebt waren.

»Hallo?«, rief Sue und wartete. Niemand antwortete. Hinter ihr fiel die eiserne Tür ins Schloss. Die Werkstatt war auf zwei Ebenen aufgeteilt. Vereinzelt standen ein paar Kisten und Kartons herum, ein paar alte Schulstühle, alte Karten und Computer. Als Sue ihren Fuß auf die Treppe zum unteren Bereich setzte, ging ein rotes Licht an und eine mechanisch klingende Stimme sagte: »Susanne Hartmann. 13 Jahre alt. Klasse 7A. Notendurchschnitt 1,4.«

Dann erlosch das Licht. Sue ging an einer seltsamen Kugel vorbei hinüber zu einem Aquarium, wo keine Fische schwammen, sondern winzige Roboter das Wasser durchpflügten.

Plötzlich spürte sie wieder die Müdigkeit. Es war, als würde ihr Körper sofort einschlafen wollen. Sue setze sich auf einen der Stühle und machte die Augen kurz zu ...

Platsch. Da traf sie ein kalter Wasserstrahl mitten ins Gesicht. Erschrocken sah sie sich um. Da stand App, starrte sie amüsiert an und schraubte ihre Trinkflasche zu.

»Bin ich sichtbar?«, fragte Sue.

»Äh ... ja? Ziemlich. Schätze ich. Und vor allem nass.« App legte ihren Rucksack ab und reichte Sue die Hand. »Sorry für das Wasser. Aber du hast so fest geschlafen. War'n bisschen überrascht, dich hier zu treffen. Anscheinend muss ich mein Sicherheitssystem überprüfen.« Sie ging zu einem der Computerterminals und tippte darauf herum.

»App ... Ich muss mit dir reden. Dringend.«

Sues Magen knurrte, so laut, dass App lachen musste.

»Du musst vor allem was essen.«

»Sieht so aus.« Sue lächelte. Seit dem merkwürdigen Kohlenhydrat-Enzym-Gemisch am Morgen hatte sie nichts mehr zu sich genommen.

»Abgemacht«, sagte App »Aber du zahlst.«

Jede Menge Cola

Der Diner im Original 50er-Jahre-Look mit seinen rot-weiß gekleideten Mitarbeitern und dem immer lauten Rock'n'Roll aus den Boxen war bei den Markholmer Schülern Kult und lag ganz in der Nähe der Schule. Die Burger waren groß und schmackhaft, die Pommes knusprig und extra lang, wenn auch nicht ganz billig. Die rot-blaue Neonbeleuchtung ließ den Diner vor allem nachts wie ein UFO leuchten.

App und Sue waren mit dem Lastenrad schnell da, und Sue hatte zum Glück noch etwas Geld einstecken, von dem App vor allem Cola kaufte, sehr viel Cola.

Mit acht vollen Bechern auf dem Tablett kam sie zurück an den Tisch. Sue lag da schon wieder mit dem Kopf auf dem knallroten Ledersofa und schlief.

»Na super«, sagte App, stellte das Tablett ab und rüttelte an dem schlafenden Mädchen. »Hey! Aufwachen. Sue!«

Diesmal erwachte sie sofort und App war froh, ihr nicht schon wieder Wasser oder diesmal Cola ins Gesicht schütten zu müssen.

»Sorry.« Sue versuchte sich kurz zu orientieren und murmelte: »Das muss mit dem ... äh ... Dings zu tun haben.« Dann leerte sie den ersten Becher Cola in einem Zug. App war beeindruckt, auch weil Sue bereits nach dem nächsten Becher griff.

»Dem … Dings?«, fragte App vorsichtig und schob Sue grinsend das Tablett hinüber. Wahrscheinlich würde sie gleich den dritten Becher trinken.

»Bitte … Sind alle für dich. Ich will meine Magenschleimhaut noch ’ne Weile behalten.«

Der Diner war zu dieser Zeit nicht voll. Ein paar wenige Gäste saßen vor allem im hinteren Bereich, die meisten starrten auf ihre Handys. Das Personal war nirgends zu sehen, rauchte wahrscheinlich am Hintereingang. Sue schob ihre Kapuze zurecht, blickte App ernst an und beugte sich geheimnisvoll zu ihr nach vorne.

»Du darfst jetzt nicht lachen.« Sie zögerte. App sah sie neugierig an. Dann flüsterte Sue: »Ich … Ich kann mich unsichtbar machen.«

Jetzt war es raus. Gesagt. App zog ihre Augenbraue hoch, blickte sich um, vielleicht, weil sie gehofft hatte, jemand würde gleich loslachen und Sues Aussage als dämlichen Scherz deklarieren. Was nicht geschah. Deshalb schüttelte App lediglich den Kopf.

»Du hast sie wirklich nicht alle.« Sie griff nach ihrem Parka, stand auf und wollte gehen. Sue hielt sie fest.

»Nein. Bitte. Du musst mir glauben.«

In dem Moment kam Eileen mit ihrer Clique herein. Und, wie sollte es anders sein, sie steuerten direkt auf App und Sue zu.

»Wen haben wir denn da? Freak eins und Freak zwei!«, säuselte die Oberbarbie.

»Wusste gar nicht, dass du bis zwei zählen kannst«, grummelte App, ohne Sue aus den Augen zu lassen. Eileen hatte schon wieder eine komplett andere Frisur, und Sue war sich ziemlich sicher, dass auch Schuhe und Jacke neu waren.

Ehe Eileen allerdings irgendetwas erwidern konnte, drehte sich

App wie in Zeitlupe zu Eileen um und versuchte, genauso dämlich zu grinsen wie das Modepüppchen.

»Ich würde dir zur Begrüßung ja gerne zujodeln, aber ich steck da nicht so in der Materie. Hast du dein Dirndl zu Hause vergessen?«

Während Eileen noch über die Bedeutung der Worte »Materie« und »Dirndl« nachdachte, zog App ihr seltsames Handy-Computer-Dings aus der Tasche und öffnete ein Video. Das Jodeln und das Gelächter der Schüler vom Schulhof waren laut zu hören. Vor allem aber das panische Gekreische Eileens.

»Wow. 1.400 Likes. Du bist berühmt«, sagte App trocken.

»Her damit!«, zischte Eileen. Sie wollte nach dem Gerät greifen, aber App zog es weg. »Gib mir das Telefon«, fauchte Eileen.

»Lass mich sofort los«, konterte App.

Sue sah dem Gerangel kurz zu. Dann holte sie einen der Taschenwärmer aus ihrem Rucksack, knickte das wabbelige Teil – und war weg. Verschwunden. Unsichtbar.

Gerade als Eileen kräftig an Apps Haaren zog, schwebte ein randvoller Colabecher wie von Geisterhand bewegt durch die Luft und ergoss seinen kompletten Inhalt auf Eileen. Die schrie hysterisch auf. App wich zurück, die klebrige braune Zuckerflüssigkeit tropfte Eileen von den Haaren, verschmierte ihr Make-up und hinterließ kräftige Flecken auf ihrer neuen Jacke.

»Hast du Hunger?«, schrie eine völlig aufgebrachte, unsichtbare Sue, während Eileen mit angsterfülltem Blick irritiert um sich schaute. Dann schossen Ketchup, Senf und Mayonnaise auf sie. Und noch bevor Sue Pommes werfen konnte, rannte Eileen fluchtartig aus dem Diner. Ihre blass gewordenen Begleiterinnen folgten ihr kreischend.

App hatte die Aktion mit offenem Mund staunend beobachtet. Sue spürte den kalten Wind der Klimaanlage, das Kribbeln und merkte, wie ihr Körper langsam wieder sichtbar wurde.

»Geil«, war alles, was App sagen konnte.

Die schlechteste Mutter der Welt

Nach dem Jahrhundertschrei von Eileen war der Besitzer des Diners zu ihnen gestürmt, hatte Sue und App in einer weiß-roten Pfütze aus Pommes, Ketchup und Mayo vorgefunden und war völlig ausgeflippt. Zunächst hatte dieser kleine dicke Mann mit den fettigen Haaren und dem fürchterlichen Schnurrbart einfach nur geschrien. Was das denn solle? Ob sie überhaupt kein Benehmen hätten?

Dann hatte er sie in sein Büro zitiert, sich die Nummer der Eltern geben lassen und ihnen eine Moralpredigt gehalten. Nach wenigen Sätzen hatte Sue die Schuld komplett auf sich genommen und App damit entlastet. Daraufhin durfte die gehen, nicht ohne Sue noch einmal auf die Schultern zu klopfen und ihr zuzuflüstern: »Ich melde mich, so schnell ich kann. Mach den Fettsack fertig!«

Als ihre Mutter dann im Diner ankam, um sie abzuholen, musste die sich noch einiges anhören. Heute würde es keine Erziehung mehr geben, die Eltern wären allesamt Versager, die Kinder völlig verzogen, alleinerziehende Frauen könnten keine Kinder erziehen, weil die harte Hand des Vaters fehle. Und so weiter.

Was dann geschah, verschlug Sue den Atem. Ihre Mutter war

ganz seelenruhig aufgestanden, hatte, ohne den im Gesicht hochrot angelaufenen Mann eines Blickes zu würdigen, ihre Visitenkarte auf den Tisch geknallt, Sues Hand genommen und war mit ihr zur Tür gegangen. Zum Dinerbesitzer gewandt sagte sie mit angsteinflößender Eiseskälte: »Rufen Sie mich an, wenn Sie sich beruhigt haben. Es sei denn, sie bekommen vorher einen Herzinfarkt. Dann schicke ich Blumen.«

Dem Mann stand der Mund offen, sein Atem ging schneller, er rang nach Worten und Luft. Aber er sagte nichts mehr.

Und so waren sie gegangen. Sue fand, dass ihre Mutter durchaus cool sein konnte. Vor dem Diner fingen beide an zu kichern und hörten erst auf, als sie sich unten in Chinatown gebratene Nudeln gekauft hatten und diese gleich im Auto aßen.

Sue hatte schon Bauchschmerzen von all den Lachsalven. Und es dauerte eine halbe Ewigkeit, bis auch Maria sich endlich beruhigt hatte.

»Du lachst«, sagte Sue zu ihrer Mutter, »Ich steh jetzt ganz oben auf Eileens Abschussliste. Jetzt bin ich nicht nur der Freak, sondern auch noch tot.«

Klar hatte niemand gesehen, wie sie unsichtbar wurde. Überwachungskameras gab es nicht in dem Diner. Aber Eileen hatte Sues Stimme gehört, und das würde sicherlich reichen, um Sue ab morgen die Hölle heiß zu machen.

Regentropfen trommelten gegen die Scheibe. Der Parkplatz war direkt oberhalb des Fjords. Unter ihnen floss die Laar ruhig und beinahe spiegelglatt dahin, und auf der anderen Seite leuchteten die Lichter der Neustadt. Irgendwo auf dem Strom bewegte sich ein kleines Licht, wahrscheinlich die Fähre, die Pendler wieder zurück zu ihren Familien brachte.

»Ich bin grad eine schreckliche Mutter, oder?«, fragte Maria leise.

»Ja.« Sue erschrak selbst über die Kühle in ihrer Stimme, und auch ihre Mutter war deutlich zusammengezuckt.

Maria versuchte, sich unauffällig eine Träne aus den Augen zu wischen.

»Es tut mir leid. Ich hab im Labor überreagiert. Aber an diesem Projekt hängt alles für mich. Und ich hab keine Ahnung, wie es zu dieser Explosion kommen konnte.«

Ich schon, dachte Sue. Deine eigene Tochter hat mithilfe einer Schwarzwälder Kirschtorte, die eigentlich für deinen Geburtstag gedacht war, einen sehr teuren Hightech-Reaktor zum Explodieren gebracht. Unabsichtlich natürlich.

Maria fuhr fort: »Das hätte alles einfach nicht passieren dürfen. Ich kann dir nichts versprechen. Aber ich werde versuchen, ein Gegenmittel zu finden. Irgendwie. Aber ich fürchte, wir müssen jetzt erstmal für eine Weile untertauchen.« Sue zuckte zusammen. Untertauchen? Warum?

»Wenn irgendjemand herausfindet, was *NT26D* kann, was du kannst, dann sind wir hier nicht mehr sicher.«

Sue merkte, wie ihr Herz schneller schlug. Darüber hatte sie noch nie nachgedacht. Sie hatte immer nur das Problem ihrer Unsichtbarkeit im Kopf. Hatte Maria recht? Waren sie wirklich in Gefahr?

Entdeckt

Ja, waren sie, sie waren sogar in sehr großer Gefahr. Ihre Mutter hatte recht.

Denn noch während der Regen an Stärke gewann, auf den dunklen Fjord niederprasselte und überall in den Straßen kleine und große Pfützen entstanden, verließ Dr. Jonas Drill, tief in seinen Mantel gehüllt und immer noch frustriert über die Ereignisse der letzten Tage, sein Büro. Er eilte zu seinem Dienstwagen. Mit jedem Schritt wurde sein Mantel mehr und mehr nass. Er hasste Regen. Vor allem aber hasste er sich selbst. So ein Durcheinander wie seit der Explosion hätte sein Vater und auch dessen Vater, die die Firma früher geführt hatten, niemals zugelassen.

»Doktor Drill?«

Drill blieb stehen. Ein Mann in Sicherheitsuniform kam hektisch winkend hinter ihm hergerannt. Was will der denn jetzt noch?, fragte sich Drill.

»Doktor Drill!«, rief der Mann. Es musste also wichtig sein.

»Die Aufnahmen, die sie angefordert haben. Aus dem Labor.«

Er hielt Drill ein Tablet unter die Nase. Drill riss ihm das Gerät unwirsch aus der Hand, presste sich unter das schmale Vordach des Gebäudes und betrachtete das Display. Mit seinem Ärmel versuchte er, die Tropfen beiseite zu wischen, und betrachtete das Video, ein Überwachungsvideo aus dem Labor von Maria Hartmann, aufgenommen heute Vormittag gegen 10:04 Uhr. Er sah Maria mit ihrer Assistentin Lenia, die mit der auf einer Art Zahnarztstuhl sitzenden Hartmann-Tochter redeten. Was da gesprochen wurde, konnte er nicht hören, denn das Video hatte keinen Ton. Aber er sah, dass Maria ihrer Tochter einen kleinen grauen Gegenstand gab, woraufhin deren Tochter ... verschwand. Tatsächlich, das vorlaute Mädchen verschwand. Langsam, erst der Arm und dann der gläsern gewordene ganze Körper. Die Tochter von Maria Hartmann war unsichtbar geworden.

Drill schien seinen Augen nicht zu trauen, sein Blutdruck stieg. Das war es also, was Maria ihm verschwiegen hatte. Das große Geheimnis. Die Explosion war also nicht einfach nur ein Unfall. *NT26D* hatte die Macht, andere Menschen unsichtbar werden zu lassen. Eine Sensation.

Drill atmetet tief durch, sah den Sicherheitsmann an und fragte: »Hat das außer ihnen noch jemand gesehen?«

Der Mann schüttelte etwas ängstlich den Kopf. »Nein. Nur ich.«

Gut, dachte Drill. Sehr gut. Solche Dinge sprechen sich früher herum, als einem lieb war. Drill griff in seine Manteltasche und zog sein Handy heraus. Er wusste, wem er solche Dinge anvertrauen konnte.

Ein Problemlöser musste her. Es galt jetzt, schnell zu sein.

Empfangskomitee

Die Nacht hatte Markholm fest im Griff. Dicke Regenwolken hingen über der Stadt. Seit Stunden hatte es ununterbrochen geregnet. Nur wer unbedingt raus musste, ging ins Freie. Maria konnte die Straße kaum erkennen, und so fuhr sie langsamer als sonst. Quietschend kämpften die Scheibenwischer gegen die nasse Flut.

Susanne war eingeschlafen. Zum ersten Mal seit Stunden schlief sie entspannt, ihren Kopf fest in den Sitz gepresst. Wo war nur die Zeit geblieben?, fragte sich Maria. Sie wusste es nicht. Sie dachte wehmütig daran zurück, wie Sue auf allen vieren durch den Garten gerobbt war, Laub und Erde gekostet hatte oder gemeinsam mit dem Hahn, damals wohnten sie bei Christophs Eltern auf dem Land, um die Wette krähte.

Sanft stoppte Maria das Auto vor dem dunklen Haus. Die ganze Straße, die leicht bergab führte und links und rechts von dicken Schieferplatten eingemauert schien, war von kleinen Kürbislampen und Hexenlaternen beleuchtet. Alle bereiteten sich auf Halloween vor. Maria schaltete den Motor ab.

Sue schlief weiter, so fest, dass nicht mal der starke Regen sie weckte. Vorsichtig streichelte Maria ihr über die Wange. Dabei schmatzte ihre Tochter ein wenig, bewegte sich im Schlaf, und Maria fragte leise: »Soll ich dich ins Haus tragen?«

Wohlig knurrend nickte Sue, ließ die Augen aber geschlossen. Maria schnallte sich ab, überlegte, wie sie ein fast dreizehnjähriges, großes, wenn auch schlankes Mädchen, ins Haus tragen könnte, und stieg aus.

Wie ein Monsun brach das Wasser über sie herein. Binnen Sekunden war sie vollkommen durchnässt, rannte, so schnell es ging, um das Auto herum und öffnete die Beifahrertür. »Komm«, sagte sie, schnallte ihre Tochter ab und wollte das Mädchen gerade hochheben, als sie von hinten gepackt und brutal herumgerissen wurde. Die Männer, Maria konnte im Regen nicht genau sagen, wie viele es waren, hatten schwarze Sturmhauben auf und griffen so fest zu, dass Maria vor Schmerz aufschrie. Sie wurde an den Beinen und Schultern gepackt und weggezerrt.

»Susanne!«, schrie sie noch.

Sue erwachte. Ihre Mutter rief etwas. Erschrocken drehte sie sich um. Mehrere Männer hatten ihre Mutter gepackt, die sich kräftig zur Wehr setzte und laut schrie. »Susanne … finde die rote Maske … Such Alfred. Versteck dich.«

Die Stimme ging im heftigen Regen unter. Sue sprang wie ein Springmesser auf. Was war hier los? Wer waren diese Männer? Das Wasser lief in Bächen die Straße herunter, dicke Blasen bildeten sich auf den Seen dazwischen. Türen klapperten, ein Auto wurde gestartet. Sue hörte noch die abgehakte Stimme ihrer Mutter. »Sie kommen ... zurück. Verschwinde ... Alfred. Rote Maske.«

Blitzschnell suchte Sue ihre Taschen ab. Die linke war leer, die rechte ebenfalls. Ihre Jacke. Sie lag unter dem Sitz. Sue beugte sich nach vorne, fasste die Jacke, zerrte am Reißverschluss, und griff sich den Taschenwärmer.

Ein Mann kam zurück, hatte das Auto fast erreicht. Sue knickte den Taschenwärmer, es knackte laut, dann war sie verschwunden.

Der Mann stoppte, sah in den Wagen, er war leer, drehte sich verwirrt im Kreis und steckte dann seinen Kopf erneut ins Innere. Die Alarmanlage ging mit ohrenbetäubendem Krach los.

»Scheiße«, rief der Mann, rannte zurück und verschwand in der Dunkelheit. Sue hörte nur noch den Regen, einen bellenden Hund, sonst nichts. Sie sprang aus dem Auto und rannte zu dem anderen Fahrzeug, dessen Motor startete.

»Mama!«, schrie sie, so laut es ging.

Das Auto gab Gas und raste in einer ungeheuren Geschwindigkeit bergabwärts. Sie sah nur noch die roten Rücklichter verschwinden. Sue blieb stehen. Der eiskalte Regen rann ihr durch die Klamotten und sie wurde wieder sichtbar.

»Mama!«, schrie sie erneut. »Mama!!!« Ihre Beine gaben nach, sie knickte ein, mitten auf der Straße. Tränen rannen ihr übers Gesicht, vermischten sich mit dem Regen. Ihr Herz raste, der Atem ging schnell. Sue hatte alles verloren.

Es war ihre Schuld. Die Explosion, die Entführung, alles. Ihre Mutter hatte mehr als einmal gesagt, dass sie niemandem davon erzählen durfte. Keiner sollte wissen, was dieses *NT26D* alles konnte. Sie hatte nicht darauf gehört, hatte ihre Mutter ignoriert. Nun war es passiert, der absolute Ernstfall war eingetreten. Ihre Mutter war entführt worden.

Wie in Trance stand sie auf, rannte zum Haus, öffnete die Tür und flüchtete ins Trockene. Völlig geschockt über das, was gerade passiert war, zog sie ihr Handy aus der Tasche und wählte die Nummer ihres Vaters.

Es dauert schier unendlich, dann hörte sie ein erlösendes Klicken, Musikgeräusche und die Stimme ihres Vaters. »Sue? Hallo?«

»Papa ... Ich ... Es war ...« Sie bekam keinen ordentlichen Satz heraus.

»Was? Sue ... Jetzt beruhige dich erstmal. Was ist passiert?«

Sue atmete tief durch, schloss die Augen, sah wieder die dunklen Silhouetten der Entführer.

»Mama ist entführt worden«, sagte sie endlich.

»Was?«

»Du musst mir glauben. Bitte!«, flehte Sue.

»Entführt?«

Sue fuhr fort. »Und ich kann mich unsichtbar machen. Wegen diesem NT-Zeugs im Labor. Und ...«

»Unsichtbar!« Christoph atmete schwer ins Telefon.

»Ja. Bitte, du musst mir glauben.«

Natürlich tat er das nicht, sondern sagte: »Du ... vielleicht kann Mama mir auch was davon geben. Damit ich mich unsichtbar machen kann.« Er lachte. Papa und seine blöden Witze.

»Bitte«, sagte Sue verzweifelt.

Aber Christoph schien ihr kein Wort zu glauben. Für solche Spielchen seiner Tochter hatte er jetzt keine Zeit.

»Du, die Probe geht weiter. Ich ruf dich zurück. Okay?«

Er hatte einfach aufgelegt. Sue starrte fassungslos auf ihr Handy. »Papa? Papa? Scheiße.« Wen sollte sie jetzt anrufen? Ihre Großeltern lebten zu weit weg, ihre Tante war auf Reisen. Lenia vielleicht, dachte sie, aber von der hatte sie keine Nummer. Sie sackte auf dem Stuhl im dunklen Zimmer zusammen. Da klopfte es an der Haustür. Sofort war sie hellwach. Wer konnte das sein? Ein Nachbar? Die Polizei? Fäuste donnerten kräftig gegen die Tür. Es klingelte. Vielleicht waren die Entführer zurück?

Leise öffnete Sue die Tür vom Wintergarten. Sie zog ihre nasse Kapuze hoch und rannte hinaus in die Nacht. Sie war allein. Vollkommen allein.

Hilfe

Seit mehr als einer Stunde war Sue durch die Stadt geirrt. Hatte versucht, die Adresse von Lenia oder App, von letzterer kannte sie nicht mal den richtigen Namen, herauszufinden. Ohne Erfolg. Endlich ließ der Regen nach. Die Wolken hatten sich verzogen, Nebel kam auf.

Ihr Vater hatte auf keinen weiteren Anruf reagiert. Sie war vollkommen auf sich gestellt. Ihre Mutter war entführt worden. Entführt, weil sie sich unsichtbar machen konnte. Das war Fakt. Unablässig hörte sie ihre Worte im Ohr: »Niemand darf etwas erfahren!«

Und was hatte ihre Mutter noch gerufen? Finde Alfred? Suche die rote Maske? Was für eine Maske? Wer war dieser Alfred? Niemand in der Familie hieß so. Sie kannte keinen Alfred.

Irgendwann stand sie wieder vor ihrer Schule. Es war, als würde das Gebäude sie magisch anziehen. Märchengleich und verschlafen stand die Schule da. Das Einzige, was diesen Dornröschen-Blick störte, waren Reifengeräusche auf Beton und gelbe Scheinwerfer, die sich in den Pfützen des Schulhofs spiegelten.

Ein BMX-Rad sauste an ihr vorbei, raste mit hohem Tempo auf die schräge Rampe zu, die auf den Hof stand, hob ab, flog, landete, rutschte weg und ...

Aua. Sue biss die Zähne zusammen. Es war Tobi. Er hopste wie ein Nachtgeist auf einem Bein und unterdrückte einen Schmerzensschrei. Dann nahm er das BMX wieder auf, schwang sich auf den Sattel und fuhr weiter. Direkt vor Sue bremste er und nahm seinen Helm ab.

»Hi! Was machst du denn hier?«, fragte er erstaunt. Tobi ließ sein BMX fallen. Er sah die Tränen auf ihrem Gesicht. »Alles okay?«, fragte er besorgt.

Sue schüttelte den Kopf. Sie musste es ihm sagen. Niemand sonst würde ihr jetzt zuhören. Sie würde schon wieder gegen Marias Regel verstoßen und einen Fremden in ihr Geheimnis einweihen. Aber sie hatte keine andere Wahl.

»Ich brauch deine Hilfe, Tobi«, sagte sie leise.

»Was's passiert?«

Sue sah zu Boden, wusste nicht genau, wie sie es sagen sollte. Alles war so schnell gegangen. Aber dann sprudelte es aus ihr heraus.

»Meine Mutter ist entführt worden. Ich dachte erst, die spinnt total. Sie hat gesagt, ich soll nicht rausgehen und es niemandem erzählen. Und ...«

Sie sah wieder die Bilder ihrer schreienden Mutter, sah die Männer, die sie gepackt und weggezerrt hatten.

Sie weinte.

Tobi, hilflos und erschüttert von Sues Geschichte, nahm das Mädchen etwas ungelenk in den Arm. Drückte sie. Das half.

Zumindest für den Moment.

Ein Tee zu viel

Tobi wohnte mit seinen Eltern ebenfalls in einem Vorort von Markholm, allerdings auf der anderen Seite des Fjords. Dort wo neue moderne Häuser entstanden waren, die wie kleine bunte Würfel an den Hängen der Berge klebten und von Weitem wie ein Sammelsurium wild übereinandergestapelter Schachteln aussahen. Da die Fähre um diese Uhrzeit kaum noch fuhr, hatten Tobi und Sue die Metro genommen. Als sie am letzten Halt der Linie den zugigen Tunnel verließen, regnete es draußen schon wieder.

Das Einfamilienhaus der Grimms stand am äußersten Ende einer schmalen Sackgasse. Direkt am Waldrand, ziemlich einsam. Tobis Eltern hatten es erst vor zwei Wochen bezogen. Es roch überall nach frischem Holz und Öl. In einigen Zimmern standen noch Leitern und ein Großteil der Lampen war noch nicht installiert. Sue mochte das Haus auf Anhieb.

Tobi organisierte zunächst warme Decken und legte Sues nasse

Sachen zum Trocknen auf die Heizung. Dann machte er Tee, reichte Sue die dampfende Tasse und kramte in den Umzugskisten, suchte nach Bettzeug.

»Meine Mutter hat Nachtschicht und mein Vater ist nur am Wochenende da. Noch ...«, sagte er und steckte seinen Kopf in eine Kiste.

Tobis Zimmer war ganz offensichtlich noch nicht komplett eingerichtet. Einige wenige Plakate mit Fahrrädern, ein Poster von E.T. und, sehr zu Sues Freude, jede Menge Comic-Helden hingen aber bereits an der Wand. Das Zimmer hatte ein riesiges Fenster zum Garten hin, fast so breit wie der ganze Raum. Ansonsten standen hier noch das Bett und zwei weitere Fahrräder. Überall lagen Felgen, Lenker und Sättel herum. Es roch nach Öl.

»Ich bin meistens allein«, sagte Tobi, als er wieder aufgetaucht war. »Also, kein Problem, wenn du heute hier pennst.«

Sue nahm einen Schluck vom heißen Tee. Sie spürte, wie die warme Flüssigkeit wohlig ihren Hals herunterrann und ihrem Körper neue Kraft gab. Erst jetzt realisierte sie, wie durchgefroren sie war.

Tobi hatte eine Decke gefunden und warf sie unachtsam hinter sich. »Wir sollten trotzdem zur Polizei. Ich meine, deine Mutter ist entführt worden ...«

»Nein ... Bitte. Keine Polizei«, flehte Sue.

»Wieso?« Tobi drehte sich zu ihr um und erstarrte. »Sue?«, fragte er unsicher.

Er machte einen Schritt auf Sue zu, also da, wo sie eben noch gestanden hatte. Aber sie war weg.

»Scheiße ... Der Tee!«, hauchte es leise.

Tobi sah sich irritiert um. Wo kam die Stimme her? Wo war

Sue? Unters Bett gekrochen? Wie von Geisterhand öffnete sich in dem Moment die Terrassentür. Ein kalter Windstoß wehte herein und wirbelte ein Comicheft, das auf dem Schreibtisch lag, herunter. Dann sah Tobi, wie ein glasiger Körper erschien, der milchig weiß wurde und mehr und mehr Farbe bekam. Sekunden später war Sue wieder zu sehen. Wie aus dem Nichts.

Tobi hatte das Gefühl, den Boden unter den Füßen zu verlieren. Da war sie wieder. Direkt vor ihm. An einer Stelle, wo eben nichts war.

»Tobi?«

Der reagierte nicht. Starrte sie nur an.

»Tobi!« Sues Stimme wurde lauter. »Kannst du mir die Decke geben?«, flüsterte Sue.

Tobi konnte sich noch immer nicht bewegen. Sein Körper gehorchte nicht.

»Tobi!!« Sues Stimme klang jetzt nicht mehr freundlich. Sie stand hier in Unterwäsche. Er sollte ihr gefälligst die Decke geben.

Peinlich berührt und ein wenig errötet sah Tobi zu Boden. Dann reichte er Sue die Decke. Sie wickelte sich sofort ein, schloss die Terrassentür und schlurfte kraftlos zum Bett hinüber.

»Du w… w… warst …« Jetzt stotterte Tobi auch noch. Das passierte immer, wenn er sich nicht konzentrierte. Er stotterte öfter, aber die Besuche in der Therapie hatten ihm enorm geholfen. Nur in Ausnahmesituationen fiel er ins Stottern zurück. Jetzt war so eine Situation. Ein Mädchen, das sich unsichtbar machen konnte und dann auch noch in Unterwäsche direkt vor ihm stand.

»… u u u unsichtbar?«

»Ich weiß.« Sue biss sich auf die Lippe. Es war wieder passiert.

»Krass.« Tobi setzte sich neben sie.

»Eileen hat recht. Ich bin ein Freak.« Schon wieder kamen ihr die Tränen, und Sue hasste sich dafür. Sie war eigentlich keine Heulsuse. Aber mit diesem Makel, dieser elementaren Einschränkung, würde sie doch nie wieder ein normales Leben führen können.

»Ein Freak? Wie kommst du denn auf sowas! Sue, du kannst dich unsichtbar machen. Wie geil ist das denn? Unsichtbar. Wie ... wie Sue Storm. Du bist ein echter Superheld.«

Sue wollte keine Heulsuse sein, sie wischte sich die Tränen ab und versuchte zu lächeln.

»Denk an Supermoon. Gleich im ersten Heft. Oder vielleicht auch im zweiten. Die hat sich am Anfang auch immer im Keller versteckt, weil sie gedacht hat, alle würden sie für ein Monster halten. Oder sie wegen ihrer Kräfte jagen. Bis ...«

Tobi sah Sue aufmunternd an. Natürlich kannte sie Supermoons Geschichte in- und auswendig. Sie nickte und ergänzte »... ihre Eltern ausgeraubt wurden und ihr kleiner Bruder ...« Sie machte eine Pause, denn das war der traurige Teil der Geschichte, »... starb.«

»Genau. Und dann ist sie raus und hat alle fertiggemacht. Mit ihrem gigantischen Mondschrei hat sie alle vernichtet. Und wurde Supermoon. Die Mondrächerin.«

Sue nickte. Tobi hatte recht. Warum war sie nicht selbst darauf gekommen? Sie hatte sich immer Superkräfte gewünscht. Jetzt hatte sie die. Gut, Unsichtbarkeit war vielleicht nicht der Mondschrei, aber egal.

Mit einem Mal waren die Müdigkeit und vor allem die Kraftlosigkeit wieder da. Wohl der Preis, den sie zahlen musste, wenn sie unsichtbar wurde. Sie spürte, wie ihr Kopf schwer wurde und langsam auf Tobis Schultern sank. Es war irgendwie nicht richtig, dachte sie, aber es fühlte sich gut an. Ihre Augen fielen zu.

»Äh …« Tobi versuchte wegzurutschen, aber es war zu spät. Das Mädchen, dass er erst vor Kurzem kennengelernt hatte und das eben unsichtbar in seinem Zimmer stand, hing nun friedlich schlafend auf seiner Schulter. In seinem Zimmer.

»Du kannst gerne die Matratze nehmen. Ich kann dir auch noch was zu essen machen, wenn du willst«, sagte er leise.

Er bekam keine Antwort. Spürte nur das gleichmäßige Atmen und die Wärme ihres Kopfes.

»Dann werd ich wohl die Matratze nehmen.«

Ein morgendliches Geschäft

»Guten Morgen!«

Karin Grimm, Tobis Mutter, war völlig übermüdet von der Nachtschicht nach Hause gekommen, hatte sich ein wenig erstaunt über ihren auf der Matratze am Boden liegenden Tobi gebeugt und fröhlich ihren Morgengruß geträllert. Ihr Sohn, der gestern Abend Mühe gehabt hatte, die scheinbar ins Koma gefallene Sue in sein Bett zu befördern, hatte extrem unruhig geschlafen und öffnete nur langsam seine Augen.

»Mama???« Entsetzt fuhr er hoch. »Was machst du hier?«

»Ich hab geklopft. Aber es kam keine Antwort. Warum hast du in deinen Klamotten geschlafen? Und warum auf dem Boden?«

»Äh … wegen Sue.«

Seine Mutter sah ihn mit einer Mischung aus Verwunderung und Erstaunen an. »Sue? Wer ist Sue?«

»Aus meiner Klasse. Sie … äh, kam gestern Abend und hat gefragt, ob sie hier pennen darf. Sie …« Tobi schielte zum Bett hinüber. Es war leer. Das Bettzeug ordentlich zusammengelegt. Keine Spur von Sue.

»… war eben noch da. Also als ich eingeschlafen bin. Vielleicht hat sie sich … äh …«

»Unsichtbar gemacht?« Karin machte eine übertriebene Geste.

»Was?« Tobi versuchte zu lachen, woraus allerdings ein eher hysterisches Prusten wurde. »U… u… u… unsichtbar … Quatsch!« Dabei sah er sich unauffällig im Zimmer um. Seine Mutter blickte ihn besorgt an.

»Alles gut bei dir? Willst du reden?«

Tobi schüttelte energisch seinen Kopf. »Alles okay.«

Seine Mutter streichelte sanft seine Wange und seufzte. »Das ist alles nicht leicht. Ich weiß. Die neue Schule, keine Freunde. Aber wir schaffen das. Klar?«

»Mama!« Tobi wollte jetzt nur noch, dass seine Mutter das Zimmer verließ.

»Schon klar. Ich gehe.«

Tobi nickte und blickte sich noch einmal im Zimmer um. War Sue etwa doch hier? War sie unsichtbar? Seine Mutter stand auf, ging zur Tür und drehte sich noch einmal um.

»Ich hab dir was für die Halloween-Party besorgt. Ich hoffe, Skelett ist in Ordnung.« Die Mutter hob einen Plastikbeutel in die Höhe, in dem weiße Knochen schimmerten.

»Cool. Äh … P… p… probier ich gleich aus.«

Sie nickte und fragte: »Ist wirklich alles gut bei dir?«

Tobi bejahte, suchte sich frische Sachen aus einem der Kartons und drängelte sich an seiner Mutter vorbei. »Ich geh duschen.«

»Äh, Tobi!«

Tobi blieb stehen. Seine Mutter zeigte mit dem Finger auf die Klamotten in seiner Hand. »Die gehören mir.«

»Oh ... ich ... Sorry.« Hastig packte er die Bluse zurück, griff sich einen Pulli und eilte die Treppen hinauf. Im Badezimmer atmete er erstmal tief durch. Wo war Sue? Warum war sie, ohne etwas zu sagen, einfach so gegangen? Gedankenverloren öffnete er den Klodeckel, zog sein T-Shirt aus, drehte wie automatisch das Wasser der Dusche an und wollte gerade seine Hose ausziehen, als sich jemand überdeutlich räusperte. Erschrocken und mit einem lauten Aufschrei fuhr er herum.

»Sue?«

»Äh ... Sorry!« Sue musste kichern.

Tobi sah in den Spiegel. Panisch hielt er sich sein T-Shirt vor die Brust. Zum Glück war die Hose noch oben. »Mann ... Sue. Das geht so nicht.«

»Sorry ... Sorry ... Es tut mir leid. Ich wollte duschen. Aber das Wasser war so heiß, dass ...«

»... du unsichtbar geworden bist?«

»Ja. Heiß und kalt. Wie der Tee gestern.«

Tobi betrachtete den leeren Raum. Er sah Sue nicht, hörte aber das Tapsen nackter Füße auf dem Boden, und jetzt sah er auch ihre Klamotten neben der Dusche. »Warum benutzt du nicht einfach das kalte Wasser, um dich wieder sichtbar zu machen?«

»Hab ich schon probiert. Ist nicht kalt genug.«

Ein Handtuch wurde vom Stapel genommen.

»Bist du ...?« Tobis Stimme zitterte.

»Ja ... Ich bin.« Das Handtuch schwebte kurz in der Luft, bevor es ebenfalls unsichtbar wurde.

»Krass …« Tobi konnte es noch immer nicht fassen. Es klopfte.

»Tobi? Alles gut? Hast du mit mir geredet?« Die Tür ging auf und seine Mutter kam ganz selbstverständlich herein. Tobi versuchte, ein empörtes Gesicht aufzusetzen.

»Nein, Mama. Könntest du bitte rausgehen? Ich will duschen.«

Sie lächelte und sagte verschwörerisch: »Das hat dich doch noch nie gestört.«

»Äh ja. Aber jetzt. Das ist ein Badezimmer. Jeder hat das Recht auf Privatsphäre, oder?«

Seine Mutter sah ihren Sohn nachdenklich an.

»Was?«, fragte Tobi ungeduldig.

»Ich frage mich nur, wann du so groß geworden ist.«

»Mama … würdest du jetzt bitte …« Er nickte zur Tür.

»Klar. Wie du willst. Bin schon weg. Lass dich nicht stören.«

Sie schloss die Tür und ihre Schritte entfernten sich. Tobi atmete erleichtert aus. Sue kicherte.

»Deine Mutter?«

»Ja.« Er drehte sich in die Richtung, aus der Sues Stimme kam. »Und was machen wir jetzt?«

»Ich brauche Eiswürfel. Die funktionieren am besten.«

Seufzend zog Tobi sein T-Shirt wieder an und schlich hinaus. Seine Mutter war unten im Wohnzimmer. Auf Zehenspitzen tippelte er die Treppe hinunter, ging in die Küche, öffnete den Kühlschrank, nahm eine Handvoll Eiswürfel aus dem Gefrierfach, steckte sie in ein Glas und …

»Wolltest du nicht duschen?«, fragte seine Mutter, die plötzlich in der Tür stand.

»Äh ja … Ich hab nur … Irgendwie einen Stich an der Schulter, den ich kühlen wollte. Nichts schlimmes.«

»Lass mal sehen.«

»Alles gut, Mama. Ich krieg das selbst hin.«

»Schon gut. Schon gut. Wollte ja nur helfen.«

So schnell er konnte, rannte er die Treppe wieder hinauf, zurück ins Badezimmer, wollte die Tür gerade abschließen – musste allerdings feststellen, dass der Schlüssel fehlte.

»Wo bist du?«, fragte er zögerlich.

»Hier drüben. Am Fenster.«

Tobi hielt das Glas mit Eiswürfeln wie ein Schild vor sich, ging zwei Schritte nach vorne und spürte, dass Sue das Glas berührte. Es dauerte vielleicht drei Sekunden, bis der ihm schon bekannte gläserne Körper erschien, Sues Form annahm und sichtbar wurde.

»Wow!« Er war beeindruckt. Sue stand wieder vollkommen sichtbar vor ihm. Eingewickelt in ein riesiges Handtuch.

»Das ist so krass ...«

Sue wollte gerade etwas erwidern, als die Tür erneut aufging und:

»Tobias Grimm. Wenn du eine Verletzung ... Oh!«

Seine Mutter hatte Pflaster und Desinfektionsmittel in der Hand und starrte vollkommen überrascht zu Sue. »Pardon. Ich wusste nicht, dass ...« Dann schaute sie zu Tobi und wieder zurück zu Sue. Tobi schloss kurz die Augen und versuchte es auf die klassische Art und Weise.

»Mama, das ist Sue. Sue, meine Mutter.«

»Hallo. Freut mich sehr«, sagte Sue.

Tobis Mutter nickte kurz, dann sah sie ihren Sohn an und hob eine Augenbraue. Etwas, das sie ausgesprochen gut beherrschte und das einem so ziemlich alle Schuldgefühle dieser Welt bescheren konnte. Tobi presste die Lippen aufeinander und atmete schwer.

»Äh, ich hab Sue nur die Eiswürfel gebracht und wollte gerade wieder gehen. Soll ich vielleicht Frühstück machen?«

»Ja, gute Idee«, sagte Sue. Dann ging Tobi langsam an seiner Mutter vorbei, grinste noch einmal säuerlich und rannte die Treppe hinunter.

»Du bist also Sue«, sagte Tobis Mutter.

»Ja. Danke, dass ich heute hier übernachten konnte. Meine Mama hat … Nachtschicht. Und ich hatte meinen Schlüssel verloren.«

»Gut. Dann lass ich dich mal duschen. Sag Bescheid, wenn du etwas brauchst.« Sie drehte sich um, folgte ihrem Sohn und rief: »Tobias Grimm. Können wir bitte reden?«

Nebeltag

Tobis Mutter war einerseits freudig überrascht, dass Tobi so schnell in der neuen Schule Anschluss gefunden hatte, andererseits wäre sie auch gerne über alles informiert gewesen.

»Ich meine …«, hatte sie zu ihrem Sohn gesagt, »sie ist ein Mädchen.«

»Wirklich? Und das ändert was?«, hatte Tobi gefragt.

»Na ja … ich … Du hast recht. Viel Spaß heute. Brauchst du Geld?« Sie lächelte besänftigend. »Ich meine, vielleicht wollt ihr ja ins Kino. Oder …«

»Ja. Kino klingt gut.«

»Schön. Hier, das ist alles, was ich gerade da habe.«

Sie steckte ihm das Geld zu, umarmte ihn und flüsterte dann peinlicherweise ganz dicht in sein Ohr: »Über die anderen Sachen reden wir heute Abend. Es wird wohl Zeit, dass wir ... bestimmte, äh Abläufe ... mal klären.«

Tobi sah seine Mutter mit großen Augen an, weil er zunächst nicht ganz verstanden hatte, was sie meinte. Erst als Karin übertrieben mit den Augen zwinkerte, lächelte und diesen bestimmten Mutterblick aufsetzte, wurde ihm klar, dass er sich gerade mitten in einem Aufklärungsgespräch befand.

»Mama«, sagte Tobi, »ich bin erst zwölf.«

Karin zuckte mit den Schultern. »Und das ändert was?«

Dann kam Sue endlich und erlöste den armen Tobi. »Alles gut?«, fragte sie.

Tobi errötete leicht, drehte sich weg und pumpte die beiden BMX-Räder auf, während seine Mutter Sue irgendwas aus Tobis Kindheit erzählte. Wahrscheinlich eine peinliche Geschichte, die augenscheinlich ziemlich lustig war, denn beide lachten herzlich.

Sie nahmen die Fähre um elf und setzten bei relativ unruhiger See zum anderen Ufer hinüber. Zum Glück hatten sich die Regenwolken über Nacht verzogen und nur ein paar Nebelschwaden lagen noch über dem Wasser.

Sue und Tobi wollten jetzt möglichst schnell mehr über die Entführung, die rote Maske und diesen merkwürdigen Alfred herausfinden. Sie baten den Fährmann, sie am alten Fischereihafen rauszulassen, und fuhren von dort mit den Rädern zu Sues Haus. Tobi hatte sich fest vorgenommen, Sue davon zu überzeugen, doch noch zur Polizei zu gehen. Er fand, es war Zeit, dass sich Profis dieser Sache annahmen.

»Und was willst du denen sagen?«, konterte Sue kühl, stieg vom Rad und schob die letzten Meter den Berg hinauf. »Meine Mutter hat 'ne Flüssigkeit erfunden, die mich unsichtbar macht? Und deshalb ist sie entführt worden?« Dabei lehnte sie das Rad an die Hauswand.

»Du hast recht«, gab er zu. »Das klingt absolut bescheuert.«

»Scheiße«, sagte Sue beim Blick zum Auto ihrer Mutter vor dem Haus. »Hast du schon mal ein Auto … aufgebrochen?«

»Ich? Wie kommst du auf sowas? Nein. Natürlich nicht.«

Sue hoffte, im Auto irgendeinen Hinweis auf diesen Alfred oder die rote Maske zu finden. Aber ohne Schlüssel … Den hatte natürlich Maria, und das Auto war komischerweise abgeschlossen. Gerade spielte Sue mit dem Gedanken, einfach die Scheibe einzuschlagen, als das Auto laut piepste und sich entriegelte. Tobi und Sue starrten das Fahrzeug entgeistert an.

»Sag mir, dass du das warst.« Panik war in Tobis Stimme zu hören. Ihm war schon die ganze Zeit nicht wohl bei dem Gedanken, an den Ort der Entführung zurückzukehren. Was, wenn das ganze eine Falle war?

Aber die Straße war leer. Niemand zu sehen. Wie hatte das Auto sich selbst entriegeln können? Oder war jemand in der Nähe und beobachtete sie? Es wäre mühsam gewesen, alles abzusuchen. Zu viele Verstecke gab es links und rechts im Wald. Sue dachte nicht weiter darüber nach, hielt die Luft an und öffnete die Beifahrertür.

»Sue … das …« Tobi zappelte nervös herum. Sue suchte den Rücksitz ab und griff dann instinktiv unter den Fahrersitz. Bingo. Da war was.

»Mamas Laptop«, sagte sie, hängte sich das Case um und knallte die Tür wieder zu. Ihr Telefon vibrierte. Vielleicht Papa, schoss es ihr durch den Kopf. So schnell sie konnte, zog sie das Telefon heraus und ging ran.

»Ja?«

Eine merkwürdig verzerrte Stimme war zu hören. »Ihr bekommt Besuch. Mach dich unsichtbar und versteck den zappelnden Idioten neben dir.«

Sue sah sich um. Aber da war immer noch niemand. Sie schaltete ihr Handy auf laut, sodass Tobi, der schon vor Neugier auf der Stelle hüpfte, mithören konnte.

»Wer ist denn da?«, fragte sie unschuldig.

»Vertrau mir. Ich hab Informationen über deine Mutter. Aber nicht hier und jetzt. Die Leitungen sind nicht sicher. Mach dich unsichtbar. Sofort.«

»Ich hab aber keine Taschenwärmer mehr. Und ohne die ...«

Es piepte noch einmal, und die Kofferraumklappe des Wagens öffnete sich langsam.

»Steig ein«, befahl die verzerrte Stimme.

Sue blickte Tobi an. Der schüttelte entschieden den Kopf. Aber Sue hatte die Entscheidung bereits getroffen: »Rein da. Schnell!«

»Rein da? Echt jetzt? Weil eine Stimme aus dem Telefon das sagt?«

Sue nickte. »Hast du eine bessere Idee?«

»Äh, weglaufen?« Tobi hatte ernsthaft Panik im Gesicht.

Sue schob den Laptop in den Kofferraum und kletterte hinterher.

Ganz unten im Tal, am Ende der Straße, tauchten genau in dem Moment zwei Autos auf.

»Ihr habt noch zehn Sekunden«, warnte die fremde Stimme. Tobi schloss kurz die Augen. »Gleich wach ich auf. Und das ist alles nur ein furchtbarer Alptraum ...«

»Sechs …«

Tobi kletterte ebenfalls in den Kofferraum.

»Drei …« Die Kofferraumklappe schloss sich.

»Rutsch mal.«

»Mehr Platz is' nicht.«

Dann spürte Tobi Sues Hand. Sie zitterte. Genauso wie seine.

Blindfahrt

Sue lag im Kofferraum ganz dicht neben Tobi und konnte dessen Atem spüren. Er hatte Angst, genau wie sie auch. Ungläubig starrte sie an die filzige Decke der Kofferraumklappe. Sie wurde das Gefühl nicht los, in einem total verrückten Actionfilm mitzuspielen. Explosionen, Entführung, dunkle Autos. Wer bitte sollte ihr das glauben?

Sue hoffte inständig, dass sich die Kofferraumklappe bald wieder öffnete. Da hörten sie plötzlich Autolärm. Türen klapperten. Stimmen. Geräusche. Schritte. Schwere Schritte. Waren das Männer? Ja. Sue war sich sicher.

»Ihr schaut im Haus nach.« Die Stimme kannte sie. Aber woher? Irgendwo hatte sie die schon mal gehört.

»Seid vorsichtig. Ihr dürft das Mädchen nicht verschrecken.«

Tobi hatte recht. Die Entführer waren zurückgekehrt. Sie standen hier, direkt neben dem Auto und suchten sie. Instinktiv griff Sue Tobis Hand fester. Er ließ es zu. Die Stimme des Mannes, die Sue so vertraut vorkam, näherte sich dem Auto. Ein Feuerzeug klickte. Dann …

»Bringen Sie den Wagen zurück in die Firma. Lassen Sie ihn

gründlich absuchen. Ich will alles, was in diesem Wagen ist. Verstanden?«

Die Fahrertür wurde geöffnet. Jemand setzte sich in das Auto. Der Wagen schwankte. Sue suchte nach ihrem Handy und schaltete das Licht an. Tobis Augen weiteten sich panisch. Dann heulte der Motor auf.

»Was machen wir jetzt?«, flüsterte er.

Sue wusste es auch nicht. Das Auto fuhr los. Sue und Tobi versuchten, sich irgendwo festzuklammern, um nicht hin und her geworfen zu werden. Dann vibrierte auch noch Sues Telefon. Ihr Vater. Na super. Ausgerechnet jetzt. Die ganze Zeit hatte sie auf diesen Anruf gewartet und nun musste sie ihn wegdrücken.

Das Auto fuhr sehr schnell durch die Stadt. Von Zeit zu Zeit hielt der Wagen, vermutlich an einer Ampel. Der Motor schaltete sich kurz ab und die Kinder hielten die Luft an. Das Radio plärrte los, Musik kam aus den Boxen. Nach einer halben Ewigkeit stoppte das Auto endlich. Der unbekannte Fahrer stieg aus und sperrte ab. Prima, jetzt waren sie also auch noch gefangen.

Plötzlich war eine Mädchenstimme zu hören.

»Entschuldigung! Könnten Sie mir helfen? Mein Telefon spinnt irgendwie.«

Der Fahrer hustete, vielleicht wegen der Kippe, die er rauchte, räusperte sich dann und sagte ziemlich unfreundlich: »Was tust du hier? Wie bist du hier reingekommen?«

»Mein Vater arbeitet gleich da drüben. Er wollte mich anrufen, aber wie gesagt, mein Telefon ist irgendwie ausgefallen. Wären Sie so nett, mir zu helfen?«

Das war so überaus freundlich formuliert, dass dem Mann keine andere Wahl blieb.

»Na zeig mal her, Kleine«, hörten sie ihn antworten. Sue und Tobi sahen sich an. Was hatte das alles zu bedeuten? Wer war dieses Mädchen?

»Das's doch kein Tele...« Weiter kam er nicht. Elektrisches Surren und Fiepen übertönte alles, undefinierbare Laute waren zu hören, dann krachte es. War da jemand zu Boden gefallen? Der Fahrer?

»Natürlich ist das ein Telefon, Kleiner!«, meldete sich Mädchenstimme frech zurück. Nur jetzt klang sie ganz anders. Und in diesem Moment erkannte Sue sie auch.

Die Verriegelung klickte. Mit einem leisen Tuten öffnete sich die Kofferraumklappe. Sue und Tobi mussten die Augen zusammenkneifen, weil das Licht sie blendete.

Im Feindesland

Da stand App.

»Stör ich beim Knutschen?«, fragte sie cool und verschränkte die Arme.

Tobi, dem plötzlich bewusst wurde, dass er noch immer Sues Hand hielt, rutschte erschrocken von Sue weg und sprang flink aus dem Kofferraum. »Wo sind wir?«, fragte er, um von der Peinlichkeit abzulenken.

»Das, mein unbekannter Freund, ist die *DEC*. Die Drill Energy Corporation«, sagte App. Sues Herz sackte in die Hose. Sollte das bedeuten, dass sie direkt zur *DEC* gefahren waren? Zur Firma ihrer Mutter? Kamen die Entführer von hier?

App half Sue aus dem Kofferraum. Ein Stöhnen war zu hören. Vorne neben dem Auto lag ein Mann auf dem Rücken. Anscheinend der Fahrer. Er hatte die Augen geschlossen und zuckte merkwürdig.

App versuchte sie zu beruhigen: »Keine Angst. Is' vollkommen ungefährlich. Der schläft nur. Die Typen an der Schranke auch. Ich hab die Überwachungskameras geloopt. Aber es wird nicht lange dauern, bis sie was merken. Folgt mir!«

App rannte los.

»Du h... h... h... hast w... w... was?« Tobi stotterte wieder. Das ging eindeutig viel zu schnell. Was hatte dieses Mädchen nur getan? Die Wachen betäubt und die Kameras manipuliert? Sue und Tobi sahen sich kopfschüttelnd an. Aber keiner wusste so richtig, was er dazu sagen sollte.

»Hey ... worauf wartet ihr?« App hatte schon hinter einem Gebäude Schutz gesucht und winkte ihnen ungeduldig zu.

»Ich glaub, wir sollten ihr besser ...«, sagte Sue und rannte los. Tobi, der noch kurz überlegt hatte, ob er dem Fahrer irgendwie helfen konnte, folgte ihr widerwillig.

Alle drei hockten sich nebeneinander und pressten sich an die Wand.

»Gehört die jetzt auch zum Team?«, fragte Tobi Sue.

»Was für ein Team?«, wollte App wissen.

»Tobi, das ist App. App, Tobi«, sagte Sue.

»App? Wie das Programm?« Tobi grinste und reichte App seine Hand. Die ignorierte ihn allerdings und tippte stattdessen Sue auf die Schulter.

»Hör zu, wir haben nicht viel Zeit.« App holte ihren merkwürdigen Taschencomputer aus dem Parka und klappte ihn auf. »Ich bin dir gestern Abend gefolgt. Hab gesehen, was sie mit deiner Mutter gemacht haben.«

Sue hielt die Luft an. »Du hast alles gesehen?«

App nickte. Sie öffnete ein Foto und hielt Sue das Display hin. Auf dem Bild konnte man deutlich einen dunklen Kleinbus erkennen, zu dem Sues Mutter gerade gestoßen und gezogen wurde.

»Wollte dir das gestern Abend schon zeigen. Hab sogar bei dir geklingelt, aber du hast nicht aufgemacht. Und dann hab ich deine Spur verloren.«

Dann war es also Kaya gewesen, dachte Sue, die bei ihr an der Tür geklingelt hatte. Aber woher sollte sie das ahnen? Sue starrte weiter auf das Display. Ihre Mutter war deutlich zu erkennen. Zwei Männer hielten sie gepackt und versuchten, Maria gegen ihren Willen in das Fahrzeug zu manövrieren.

»Der Bus ist zugelassen auf die *DEC*«, erklärte App.

Sue riss die Augen auf. »Die *DEC*?«

»Woher weiß die das alles?« Tobi war einerseits erstaunt und andererseits ein wenig verärgert darüber, dass er, seit dieses wildfremde Mädchen aufgetaucht war, nichts mehr zu melden hatte.

»Weil DIE ihren Kopf benutzt«, sagte App trotzig und sah Tobi zum ersten Mal direkt an. Allerdings war es kein freundlicher Blick.

Sue versuchte, den Streit der beiden zu ignorieren. Apps Worte hallten in ihrem Kopf hin und her. Zugelassen. *DEC*. Die *DEC* hatte ihre Mutter entführt? Warum das? Gehörte die Stimme vorhin am Auto ... na klar ... das war Drill gewesen. Er war zurückgekommen, weil seine Leute nicht alles erledigt hatten. Er wollte nicht nur ihre Mutter, sondern auch Sue. Das Mädchen, das sich unsichtbar machen konnte.

Sie sah sich um. Noch wirkte alles friedlich. Ein paar Sicherheitsmänner waren zu sehen, aber die drei hatten ein gutes Versteck. Da kam Sue auf eine Idee. Sie öffnete den Laptop ihrer Mutter und schaltete ihn ein.

»Was hast du vor?« Es war deutlich zu spüren, dass Tobi im Moment nur eines im Kopf hatte – von hier abzuhauen.

Der Rechner fuhr hoch. Sue erklärte: »Meine Mutter vergisst oft ihre Sachen. Deshalb hat sie alles mit Peilsendern ausgestattet. Ihren Schlüsselbund, ihren Laptop, mich und vor allem ihr Handy. Und wenn sie was verlegt, nutzt sie ein Programm, das hoffentlich hier drauf ist.«

Dumm nur, dass der Rechner passwortgeschützt war. Sue sah App bittend an. Die zuckte nur mit den Schultern und sagte: »Geburtstag, Haustier. Name des Kindes ... Probier es aus.«

»Meine Mutter würde mich nie als Passwort benutzen.« Trotzdem tippte sie SUE ein und sofort erschien in roten Buchstaben FALSCHES PASSWORT – BITTE VERSUCHEN SIE ES ERNEUT. »Sag ich ja.«

App riss Sue den Laptop aus den Händen und tippte SUSANNE ein.

Bingo.

Eine leise Melodie ertönte und der Desktop wurde sichtbar. App durchsuchte die Festplatte.

»Äh ... Leute ...« Tobi zeigte ein wenig ängstlich auf den Fahrer, der mittlerweile aufgestanden war und sich, schwankend wie ein Betrunkener, etwas hilflos über den Platz genau auf sie zu bewegte. App sagte, ohne vom Laptop aufzusehen: »Gib ihm noch zehn Minuten, dann ist alles wieder so wie vorher.«

»Äh ... okay. Und was machen wir, wenn er uns bereits gesehen hat?«

Der Mann schwankte, ruderte mit seinen Armen und kippte in

ein kleines Wasserbassin, das das größere der beiden Hochhäuser wie einen Vorgarten umgab.

»Ich habs …« App öffnete ein Programm und drückte auf HANDY SUCHEN. Es dauerte einen kleinen Moment. Dann erschien eine Karte und ein paar Augenblicke später ein grüner Punkt. Das musste Marias Handy sein. Und wenn die Karte mit den Daten stimmte, dann war das Handy von Sues Mutter hier irgendwo auf dem Gelände. In der *DEC*. Genauer gesagt, in ihrem Labor.

»Die werden doch nicht so blöd sein und deine Mutter hierher zurückbringen?« Tobi sah App an, die wohl dasselbe dachte. Sue aber hörte schon nicht mehr richtig hin. Sie sprang auf und rannte los.

»Sue!!!«

Tobi brüllte über den ganzen Platz. Der Fahrer, der sich eben noch einigermaßen elegant aus dem Wasserbecken ziehen wollte, sah zu Tobi hinüber, streckte seinen Arm aus und rutschte wieder zurück in die kalte Brühe. Vielleicht würde es doch länger als zehn Minuten dauern, bis alles wieder im Lot war.

Sue rannte zum Hauptgebäude hinüber. Wenn ihre Mutter hier war, dann musste sie zu ihr – und sie befreien. Koste es, was es wolle. Zu irgendwas musste ihre Unsichtbarkeit doch gut sein.

Da, plötzlich, wurde sie nach hinten gerissen und zwischen zwei parkende *DEC*-Busse gezerrt.

Ein Plan muss her

Keinen Augenblick zu spät, denn genau in diesem Moment verließen zwei Sicherheitsleute das Hauptgebäude.

»Was hast du vor?«, fragte Tobi völlig außer Atem. Er hatte Sue im letzten Moment hinter das parkende Auto gezogen und hielt sie noch immer fest am Kragen. Scheinbar hatte niemand Sues kopflose Aktion bemerkt. Die Sicherheitsleute vor dem Haupteingang tranken jedenfalls weiter Kaffee und unterhielten sich entspannt.

»Meine Mutter retten?«, sagte Sue, als wäre das die normalste Sache auf der Welt.

»Woher willst du wissen, dass sie da wirklich drin ist. Wegen ihrem Telefon?«

Sue nickte. »Ja.«

»Komm schon. Wir wissen überhaupt nichts. Vielleicht ist das 'ne Falle!«

Auch App kam jetzt nach Luft ringend angerannt. Sport war anscheinend nicht so ihr Ding. Sie öffnete leicht zitternd ihren Rucksack, holte Taschenwärmer heraus und drückte sie Sue in die Hand. »Hier«, sagte sie. App war unglaublich, dachte Sue, strahlte und sagte: »Du bist so genial.«

»Ich weiß. Und hier sind noch zwei Funkstecker, über die können wir in Verbindung bleiben. Ich such mir ein geschütztes Plätzchen und versuche, euch von draußen zu helfen.«

Sue nahm die Taschenwärmer und steckte den Funkstecker in ihr Ohr.

»Mo… m… m… ment mal. Was m… m… meinst du mit helfen?« Tobi ärgerte sich über sein Stottern, aber bei dieser Aufregung hatte er sich einfach nicht unter Kontrolle. »Ihr s… s… s… s… seid total verrückt. Ihr wollt doch da nicht w… w… wirklich rein?«

»Was sonst«, sagte App nüchtern, zog eine Drohne aus dem Rucksack und schaltete sie ein.

Tobi griff Sues Hand und fragte: »Brauchen wir nicht erst mal so was wie 'nen Plan?«

»Haben wir doch. Wir gehen rein, suchen meine Mama und befreien sie.«

»Aha. So einfach.«

»Ja.« Sue stand auf und drückte den Taschenwärmer. Es klickte leise. Das kleine durchsichtige Täschchen erhitzte sich sofort. Sue schloss die Augen … und wurde unsichtbar.

»Sue, w… w… warte …« Tobi griff ihren Arm, und eine Welle aus Hitze und Kälte zugleich schien von ihm Besitz zu ergreifen. Ihm war, als würde er in ein riesiges Loch gezogen. Kribbeln übermannte ihn. Als er Apps fassungslosen Blick sah, wusste er, was passiert war. Er unterdrückte einen Schrei.

»Krass«, sagte App.

Tobi war unsichtbar. Genau wie Sue.

»Halt meine Hand gut fest. Wenn du loslässt, wirst du sofort wieder sichtbar. Verstanden?« Tobi nickte und merkte sofort, dass das blödsinnig war, denn niemand konnte ihn sehen. Also schob er ein »Aye, Captain!« hinterher.

Dann zog Sue ihn mit sich. Vorbei an den parkenden *DEC*-Vans, den wartenden Sicherheitsleuten und gurrenden Tauben, die neben einem Mülleimer nach Essbarem suchten. Und als hätten sie alles Glück dieser Erde, öffnete sich direkt vor ihnen die automatische Schiebetür. Zwei Frauen verließen das Gebäude und Sue und Tobi konnten im letzten Moment hineinschlüpfen.

»App an Sue: Kannst du mich hören?« Es rauschte im Ohr.

Sue musste flüstern. Zu viele Menschen waren im Foyer unterwegs.

»Laut und deutlich«, antwortete Sue.

»Wir gehen jetzt direkt zum Labor meiner Mutter«, flüsterte Sue.

»Roger. Ich behalte die Wachleute im Auge und melde mich, sobald hier was passiert. Seid vorsichtig.«

»Sind wir«, versicherte Tobi.

»Und äh …« App druckste ein wenig herum, »wie war doch gleich dein Name?«

»Tobi«, antwortete Tobi.

»Ja. Genau. Sue darf unter keinen Umständen einschlafen. Hast du gehört?« Tobi fragte nicht, was diese merkwürdige Aussage zu bedeuten hatte, er sagte einfach nur: »Okay.«

»Gut. Keinen Blödsinn machen. Es wimmelt überall nur so von Wachleuten.«

»Danke für den Hinweis. Over and Out.« Sue zog Tobi kräftig hinter sich her. Er fand es ziemlich cool, ihre Hand zu halten. Auch wenn er Sue natürlich nicht sah und permanent aufpassen musste, nicht in ihre Hacken zu latschen.

»Vielleicht sollten wir etwas langsamer …?«, fragte Tobi. Doch Sue gab keine Antwort. Zog den Jungen gnadenlos weiter hinter sich her, die Treppe runter, durch ewig lange Flure und Räume. Je weiter sie liefen, umso weniger Leute waren unterwegs. Trotzdem mussten sie aufpassen. Sie waren zwar unsichtbar, durften aber nicht zu laute Geräusche machen. Und gerade auf den steinernen Stufen im Treppenhaus hallten ihre Schritte verräterisch.

Als sie auf Ebene 4 in einen fensterlosen schmalen grau betonierten Gang einbogen, kamen ihnen drei Wissenschaftlerinnen in weißen Kitteln entgegen. Die drei redeten offensichtlich über Maria Hartmann.

»Die hat bestimmt das Zeug genommen und an den Erstbesten verkauft. Hätte ich auch gemacht«, sagte die eine. Dr. Danvers stand auf ihrem Namensschild.

»Jeder zahlt besser als Drill. Glaub mir«, sagte die zweite in der Mitte, die Dr. Ross hieß.

»So ist Maria nicht, auf keinen Fall« Das war Dr. McCoy, sie kannte Maria offenbar gut und schüttelte energisch den Kopf.

»Bist du dir sicher? Also wenn nicht sie, dann auf jeden Fall diese Assistentin. Hab den Namen gerade vergessen …«, sagte Dr. Danvers.

»Lenia«, antwortete Dr. McCoy.

»Genau. Lenia!«

Jetzt waren die drei Frauen fast bei Sue und Tobi angekommen. Sie nahmen den kompletten Gang ein. Hier gab es weder eine Tür, noch eine Nische, in die sich Tobi und Sue hätten flüchten können. Sue zögerte kurz, dann zog sie Tobi mit voller Kraft mit sich.

Tobi zischte: »Was hast du vor? Sue … pass auf!«

Aber es war zu spät. Sue hatte sich entschieden, direkt durch die Mitte zu schlüpfen, was leider kein guter Plan war. Mit voller Wucht traf Tobi Dr. Danvers. Die wurde durch den Zusammenprall nach hinten geschubst und schrie auf. Ihre beiden Begleiterrinnen blieben sofort erschrocken stehen.

Bei dem Zusammenstoß hatte Tobi Sues Hand loslassen müssen. Völlig sichtbar lag er jetzt am Boden, sah die drei Frauen und deren fragende Blicke. Was sollte er jetzt tun, was sagen? Er hatte keine Idee, brachte nur ein kurzes »Hi …« heraus.

»Ist dir was passiert?«, fragte Dr. Ross und blickte den Jungen besorgt an.

Die Frau, mit der er eben so unsanft zusammengestoßen war, Dr. Danvers, schien nicht so freundlich zu sein. Sie fragte: »Wo kommst du her? Was machst du hier?«

Gute Frage, dachte Tobi. Sehr gute Frage. Laut sagte er: »Äh … Ich weiß auch nicht. Eben war ich noch in der Schule.«

Tobi wusste, wie dämlich das klingen musste, und die Gesichter der drei Frauen bestätigten sein ungutes Bauchgefühl. Deshalb fügte er hinzu: »Und plötzlich war da dieser Schmerz. Und dieses rote Licht. Und dann …«

Er hielt kurz inne, machte eine Pause und sah in die fragenden Gesichter.

»Und dann … dann hat sich dieses Portal geöffnet.«

Ja, das war gut, dachte er. So würde man das in einem Film auch erklären. Portale boten sich einfach an. Deshalb setzte er noch einen drauf: »Es war riesig.«

»Ein Portal?«, fragte Dr. McCoy spitzlippig.

Tobi nickte. Versuchte selbstsicher zu wirken. »Ja. Klar. Ein Portal.«

Er sagte es so, als wäre es die natürlichste Sache der Welt, dass sich in Schulen plötzlich Portale öffneten.

Stille. Alle blickten sich an. Dr. Danvers lachte als Erste. Dann Ross und McCoy. Tobi, der ebenfalls versuchte zu lachen, spürte plötzlich Sues kalte Hand und hörte ihr Flüstern: »Komm.«

Dann war das Kribbeln wieder da. Und die zweite Haut, die sich wie ein Mantel über ihn zog und ihn wie von Zauberhand erneut unsichtbar machte.

Die drei Damen, Dr. Ross, Dr. Danvers und Dr. McCoy, standen da wie erstarrt. Der Junge, der eben noch vor ihnen stand, war weg. Einfach weg. Der Gang war leer.

»Ihr habt ihn doch auch gesehen, oder?«, fragte Dr. Ross verunsichert.

Wie Dornröschen

Ohne weitere Verzögerung erreichten Sue und Tobi Marias Labor. Dort war niemand. Keiner bewachte die Tür, keiner stand an den Geräten, die mit durchsichtigen Planen abgedeckt waren, und auch der riesige Reaktorraum war verlassen wie ein Friedhof.

Sue, noch immer sauer auf Tobi, schimpfte. »Ich hab doch gesagt, du sollst nicht loslassen.«

»Was? Du bist doch einfach in die reingerannt!«, verteidigte sich Tobi. Er konnte doch wirklich nichts dafür.

Sue ignorierte ihn, sah sich um und rief laut: »Mama???«

Die Reaktortür war aus den Angeln gerissen und verbogen. An den Wänden waren schwarze Schmauchspuren von der Explosion zu sehen, die das Labor verwüstet hatte.

»Krass. Was ist denn hier passiert?«

»Das war ich«, erklärte Sue kurz und rief erneut nach ihrer Mutter.

»Du?« Tobi starrte Sue fassungslos an. Aber die ignorierte auch diesen fragenden Blick.

Sie suchte verzweifelt ihre Mutter. Aber die war nicht hier. Das Labor schien verlassen. Tobi griff sich ans Ohr, sagte zu App, mit der sie verbunden waren: »Hier ist niemand. Wie ich gesagt habe.«

Doch App sagte mit ruhiger Stimme: »Ich empfange aber ein weiteres Handysignal. Kommt direkt aus dem Raum. Das muss da irgendwo sein.«

»Ich schau mich noch mal um«, antwortete Tobi, allerdings wenig motiviert. Das Labor war riesig. Wie sollte er hier ein einzelnes Handy finden?

Es klapperte. Sue strauchelte. Tobi sah, wie ihre Beine kurz nachgaben und sie sich an einem Tisch festhalten musste. Sie schloss die Augen. Tobi rannte zu ihr und fing sie im letzten Moment auf, ehe sie stürzte.

»Alles okay?«

Sue schüttelte den Kopf. »Nein.«

Sie konnte sich kaum halten. Mit dem linken Fuß angelte Tobi einen der Bürostühle, zog ihn zu sich heran und setzte Sue darauf. Völlig entkräftet sackte sie zusammen. Ihre Stimme war kaum zu verstehen. »Zwei Personen unsichtbar …«, hauchte sie, »das macht anscheinend … doppelt müde.«

Jedes ihrer Worte schien eine Qual zu sein. Jede ihrer Bewegungen war mühsam. Ihre Augenlider wurden schwerer und schwerer, und dann fielen sie zu.

»Nicht einpennen. Hörst du? Wir müssen hier noch raus.« Tobi versuchte, sie wach zu halten. Er schaute sich um. Wo nur sollte er zuerst suchen? Überall lagen Akten und Zettel am Boden. Schubladen hingen schief in den Schienen, Glasbehälter und Scherben lagen dazwischen. Konnte es sein, dass sie nicht die Ersten waren, die hier etwas suchten?, fragte sich Tobi. Dann entdeckte er ein bläuliches Licht. Direkt unter dem Rollschränkchen neben dem Schreibtisch.

»Ich hab da was!« Tobi kniete sich hin, kroch unter den Tisch, schob den Metallschrank zur Seite und zog eine silberne Ampulle heraus. In der Mitte der länglichen Röhre, die sich eiskalt anfühlte, war ein Sichtfenster eingelassen. *NT26D* stand in schwarzen

Lettern darauf. Das blaue Licht im Inneren pulsierte wie ein Herzschlag. Neben der Ampulle lag noch etwas zwischen Schrank und Boden eingeklemmt. Tobi hatte einige Mühe, es herauszuziehen. Aber er schaffte es, auch wenn er sich dabei die Hand aufritzte. Es war ein Handy.

»Ich habs. Hier ist es …«, rief er stolz und hielt es Sue hin. Die aber hatte schon beide Augen zu und schlief tief und fest. »Sue?« Er wackelte am Stuhl. Nichts geschah.

»Scheiße«, fluchte Tobi. Das also hatte App gemeint. Wohl ein Nebeneffekt des Unsichtbarseins. Deswegen hatte er sie gebeten, aufzupassen, dass Sue nicht plötzlich einschlief. Noch einmal rüttelte er etwas plump am Stuhl. Aber nichts passierte. Tobi kratzte sich am Kopf.

Da meldete sich App erneut. In ihrer Stimme schwang leichte Panik mit. »Äh … Leute. Ich glaube, wir sind entdeckt worden. Ihr solltet da so schnell wie möglich raus.«

Na super. Auch das noch, dachte Tobi und berührte das schlafende Mädchen an der Schulter. »Sue, wach auf. Schnell.«

Sues Atem ging ruhig. Im Schein der Schreibtischlampe leuchteten ihre Haare rötlich. Erst jetzt sah Tobi, dass Sue kleine Sommersprossen unter den Augen hatte …

Apps Stimme riss ihn aus seinen Gedanken. »Ich will ja nicht drängeln, aber die haben das Hauptgebäude betreten und kommen direkt auf euch zu. Mindestens zwanzig Mann.«

Tobi seufzte. Schloss die Augen. Konnte er es riskieren? Er drückte Apps panische Stimme weg und beugte sich vor. Sue würde ihm hoffentlich verzeihen, hoffte er. Er musste sich konzentrieren, wollte nicht zittern. Bewegte seinen Kopf nach vorn. Immer dichter kamen Sues Lippen, er konnte ihren Atem spüren. Ein Kuss. Ein einziger Kuss. Nur noch ein paar Zentimeter ...

»Hey ... Was soll das?« Sue hatte die Augen aufgerissen, und Tobis Kopf schnellte zurück.

»I... i... i... ich w... w... w... wollte dich w... w...wecken«, stotterte Tobi und fasste sich nervös an seine Mütze.

Sue sah ihn an. »Indem du mich küsst?«

Tobi zuckte mit den Schultern. »Wegen D... D... D... Dornröschen?«

Sue musste lachen. Tobi sagte »S... Sorry.«

Da sah Sue das Handy und die Ampulle mit *NT26D* in Tobis Hand. »Wo hast du das her?«, fragte sie.

Tobi, erleichtert, dass das Kussthema scheinbar vom Tisch war, zeigte Sue seine Beute. »Hab ich gefunden. Unterm Tisch.«

»Keine Ahnung, was ihr da macht«, war Apps Stimme jetzt per Funk zu hören, »aber ihr habt noch etwa zehn Sekunden. Raus da.«

Sue sprang auf, nahm Tobis Hand. Beide Blicke trafen sich. »Warum stotterst du eigentlich manchmal?«

Tobi konnte das jetzt nicht glauben. Da kam eine Armee Wachleute auf sie zu, und Sue wollte mit ihm übers Stottern sprechen. »Ich stottere, wenn ich a... a... aufgeregt bin.«

»Also jetzt!« Sue grinste und griff seelenruhig einen Taschenwärmer aus ihrer Tasche.

»W... w... würdest du dich b... b... bitte beeilen?«

Sue knickte den Wärmer. Keinen Augenblick zu früh. Die Tür hinter den beiden wurde aufgerissen und mehrere Wachleute kamen hereingerannt. Gefolgt von Dr. Jonas Drill, dem Firmenchef, dem offensichtlich genau klar war, wen sie hier suchten.

»Sichert alle Ausgänge. Sofort. Und bringt mir eine Wärmebildkamera.« Die Männer nickten und rannten los. Sue und Tobi hatten sich schnell hinter einem Tisch versteckt, waren zwar nicht mehr sichtbar, mussten aber trotzdem aufpassen, dass keiner der Wachleute sie umrannte.

Dr. Drill suchte den Laborraum ab. Achtete auf jede Bewegung, jedes Geräusch. Auf Zehenspitzen schlichen Sue und Tobi an ihm vorbei und sahen, wie sich seine Finger nervös bewegten und wie er wütend auf der Lippe kaute.

Sie erreichten den Ausgang, wenige Sekunden vor dem Wachmann, der sich grimmig mit verschränkten Armen mitten in die Tür stellte. Sue musste kichern, was der Mann glücklicherweise nicht hörte.

Und weg waren sie.

Flucht

Das ganze Gebäude wimmelte jetzt von Wachleuten. Wie in einem Bienenstock wuselten die Befehlsempfänger treppauf, treppab. Sie waren auf der Suche nach ihnen, nach Sue und Tobi. Die quetschten sich mal dicht an die Wand, um nicht von den vorbeihastenden Männern überrannt zu werden. Ein anderes Mal kletterten sie in einen Schrank, der ihnen im letzten Moment Schutz bot. Dr. Drill tat so, als wüsste er genau, wo sie waren. Das konnten sie über die Walkie-Talkies hören. Wie in einem Strategiespiel befehligte der cholerische *DEC*-Chef seine Spieler, besetzte Türen und Ausgänge, ließ Wärmebildkameras aufstellen und Fahrstühle stoppen.

»Das sind zu viele«, keuchte Tobi, der sich noch immer von Sue durch die Gänge ziehen ließ.

»Immer schön hinter mir bleiben. Und nicht loslassen«, sagte sie, und Tobi spürte Sues Hand. Die fühlte sich warm an und ein wenig verschwitzt. Tobi genoss das und wäre beinahe zu Fall gekommen.

»Pass doch auf!«, pflaumte Sue ihn an und zog ihn weiter durchs schmale Treppenhaus. Offenbar hatte Dr. Drill hier weniger Wachleute positioniert. Jedenfalls kamen sie gut vorwärts. Langsam von Etage zu Etage, immer weiter.

»Wie lange kannst du eigentlich unsichtbar bleiben?«, wollte Tobi in einer kurzen Verschnaufpause wissen. Genau in dem Moment tauchte direkt vor ihnen ein keuchender Wachmann auf, blieb kurz stehen und sah sich um. Hatte er Tobis Stimme gehört?

Sue wartete, dann ging der Mann weiter und verschwand hinter der nächsten Ecke. »Keine Ahnung«, antwortete sie wahrheitsgemäß. »Wahrscheinlich bis ich wieder einschlafe.«

Na, das waren ja rosige Aussichten, dachte Tobi. Sie wurden von Hunderten Wachleuten gesucht, und ihre Unsichtbarkeit, die sie bislang schützte, könnte sich jeden Moment in Luft auflösen.

Da, plötzlich, war ein schriller Alarmton zu hören. Alle Mitarbeiter der *DEC* wurden angewiesen, bis auf Weiteres in ihren Büroräumen zu bleiben oder umgehend dorthin zurückzukehren. Es bestünde selbstverständlich keine Gefahr, aber wenn zwei kleine Kinder entdeckt würden, dann sei dies bitte sofort zu melden.

»Kleine Kinder … Dieses Arschloch«, raunte Sue wütend und schob Tobi unerbittlich weiter. »Dem werd ich zeigen, wer hier KLEIN ist.«

Sie liefen weiter und kamen zu einer Art unterirdischen Halle mit Betonsäulen und riesigen blauen Lampen unter der Decke, die ein kühles Licht auf den Boden warfen. Hier war nur ein Putzmann mit einer Bodenwischmaschine unterwegs.

»Wir müssen da rüber, zur Tür. Von da kommen wir zurück ins Foyer«, zischte Sue und deutete mit ihrer Hand in eine Richtung. Tobi konnte natürlich nicht sehen, wohin Sue zeigte, und sah sich panisch um. Ganz am hinteren Ende sah er einen kleinen Aufgang. Sue aber zog ihn genau auf den Putzmann zu.

Der Mann im blauen Overall schien gute Laune zu haben. Er trug einen übergroßen Kopfhöher, hörte laut Musik und quäkte und summte die Melodie leise mit. Kurz bevor die beiden die Wasserpfützen spuckende Maschine erreichten, drehte der Putzmann den Lenker nach links und schlitterte seitlich weg in die andere Richtung. Sue griff in dem Moment instinktiv nach der Colaflasche, die an der Seite in einer extra dafür vorhandenen Halterung der Maschine steckte, und öffnete sie zischend.

»Cola? Wozu das denn?«, flüsterte Tobi entgeistert.

Sue nahm einen großen Schluck.

»Besser als mich wach zu küssen, oder?«

Tobi wurde rot, was Sue glücklicherweise nicht sah.

»Ich wollte dich nur wecken.«

»Aha …« Sue nahm noch einen Schluck, dann wurde es plötzlich still in der Halle. Der Putzmann hatte seine Maschine gestoppt und die Kopfhörer abgenommen. Irritiert betrachtete er den Boden, auf dem nasse Fußspuren zu sehen waren. Sue und Tobi hatten unbeabsichtigt ihre Spuren hinterlassen, die nun, wie sollte es auch anders sein, genau vor ihnen endeten. Der Mann kratzte sich am Kopf, wollte nach seiner Cola greifen und war nicht wenig verwundert, als er merkte, dass seine Hand ins Leere fasste.

In dem Moment plärrte erneut Dr. Drills Stimme über die Lautsprecher: »Ich möchte alle Mitarbeiter noch einmal bitten, ungewöhnliche Vorkommnisse sofort zu melden. Wir suchen zwei Kinder, die sich im Haus versteckt halten. Die Kinder sind ... gefährlich. Ich wiederhole: Die Kinder sind gefährlich. Bleiben Sie wachsam.«

Der Putzmann betrachtete noch immer die Fußspuren am Boden, griff dann zu seinem Funkgerät und räusperte sich.

Da ließ Sue die Colaflasche fallen, die in Tausend Splitter zerbarst, und schrie: »Renn!«

Flux-Kompensator

Sie rannten zur Tür, rissen sie auf und verschwanden im dunklen Treppenhaus. Sie stolperten die Betonstufen rauf, blickten sich kurz um und standen mit einem Mal mitten im Foyer.

Auf den Monitoren an den Wänden waren ihre Gesichter zu sehen. Offenbar Fotos von den Überwachungskameras im Labor. Das Alarmsignal ertönte noch immer und Dr. Drills Stimme wiederholte in regelmäßigen Abständen die Suchmeldung. Man behandelte sie wie Verbrecher. Genauer gesagt wie Einbrecher.

Tatsächlich und zum Glück für sie hatte der Putzmann zusätzlich Alarm geschlagen. Etliche Wachmänner verließen daraufhin ihre Positionen im Foyer und rannten zur Haupttreppe und zu den Aufzügen, um in die unterirdische Halle zu kommen.

»Perfekt«, flüsterte Sue und lief weiter.

WOSCH

MILK
SHAKE

NT
26 D

OC
COMICS

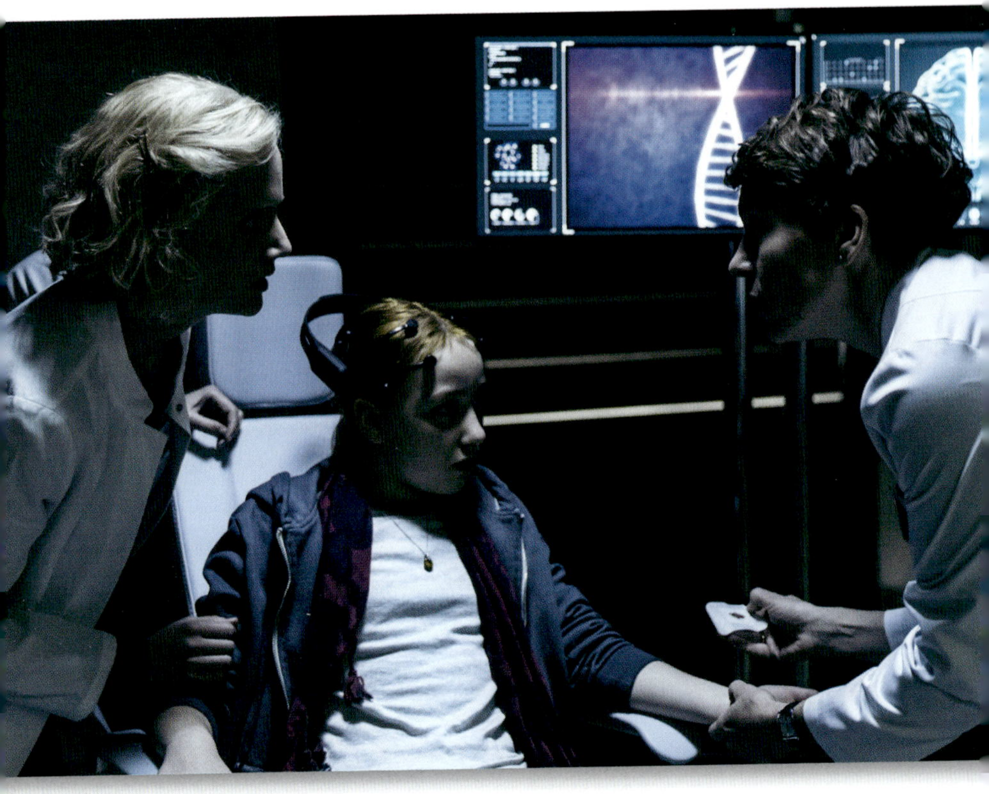

DEC

»Pass auf. Da kommen noch zwei Typen.« Tobi wollte Sue stoppen. Aber die rannte unbeirrt weiter und zog und schob Tobi dann hinter einen großen Müllkasten.

»Ducken ...«, sagte Tobi, was natürlich blödsinnig war, denn sie waren ja unsichtbar. Und so blickten die Augen des Mannes, der scheinbar ein Geräusch in der Ecke vernommen hatte, ins Leere.

»Wir brauchen Wärmebildkameras hier unten. Sofort.« Sue und Tobi hörten den knarzenden Befehl aus den Funkgeräten und neue Schritte.

»Los. Zur Tür!«, befahl Sue. Die Tür war eine Doppel-Automatiktür aus Glas, hinter der die Freiheit auf sie wartete. Aber die Tür war noch fast 50 Meter von ihnen entfernt und draußen dunkelte es bereits. Die Sonne verschwand gerade hinter den Brennöfen des alten Stahlwerks und riesige Schatten krochen über die Hausfassaden. Zwischen ihnen und der Freiheit standen noch vier Männer. Wenn sie die unbemerkt passieren, sollten sie es geschafft haben, dachte Sue.

»Los ...« Sue rannte. Und Tobi blieb nichts anderes übrig, als ihr zu folgen. »Schneller. Wir müssen hier raus, ehe die anderen zurückkommen.«

Tobi legte einen Zahn zu. Die Rettung war so nah. Doch ihre Schritte klackerten deutlich hörbar auf dem harten Betonboden. Die vier Männer nahe der Tür sahen auf, blickten in ihre Richtung.

»Sie haben uns gehört«, sagte Tobi und riss diesmal Sue hinter sich her. Er wurde schneller und immer schneller, und die Tür kam näher und näher. Jetzt war es an ihm, Sue hier rauszubringen.

»Tobi ... Pass auf ... die Tür ... Wir ...«

Da passierte es auch schon. Mit voller Wucht und lautem Knall prallte Tobi gegen die Scheibe. Sofort vermischte sich der Fleck seines Aufpralls mit Blut aus seiner Nase. Tobi schrie vor Schmerz.

Die Wachmänner zögerten keinen Moment. Sie schlugen Alarm, brüllten in ihre Funkgeräte, liefen zur Tür, genau auf die Kinder zu.

Sue riss geistesgegenwärtig die Tür auf, schob den wimmernden Tobi hinaus und rannte mit ihm ins Freie. Auch hier kamen jetzt aus allen Ecken Wachleute herangestürmt. Sue war am Ende. Sie hatte keine Kraft mehr, unsichtbar zu bleiben, und ließ Tobis Hand erschöpft los.

Beide wurden auf der Stelle sichtbar.

»Beschissene Automatiktür! «, fluchte Tobi und wischte sich das Blut von der Nase. Er folgte Sue noch ein Stück, von hier aus konnten sie das ganze *DEC*-Gelände gut überblicken. Und was sie sahen, nahm ihnen jeden Mut. Überall waren jetzt Wachleute, und über ihnen schwirrte sogar eine Drohne. Sie waren umzingelt. Sie hatten verloren.

»Kannst du uns wieder unsichtbar machen?«, fragte Tobi.

Doch Sue schüttelte den Kopf. Sie war zu erschöpft. Die Flucht war nicht spurlos an ihr vorübergegangen.

Da klingelte direkt hinter ihnen eine Fahrradglocke. Tobi drehte sich um. App kam auf ihrem futuristischen Lastenrad angerauscht und bremste scharf.

»Aufsteigen«, brüllte App und sprang aus dem Sattel. Sie kümmerte sich sofort um die schwächelnde Sue, während Tobi misstrauisch das dreirädrige Monstrum betrachtete.

»Auf das Ding?«, sagte er.

App warf ihm einen abschätzigen Blick zu. »Bist DU nicht der Angeber, der alles mit Fahrrädern machen kann?«

»Die Betonung liegt auf Fahrrad.« Tobi berührte unschlüssig den riesigen Lenker, während App Sue vorsichtig auf die Transportschale des Rads setzte.

»Dann lass dir was einfallen, du Held«, brüllte sie und zeigte auf die immer näher kommenden Wachleute.

»Okay«, sagte Tobi und sprang auf. Der Sattel wippte unter seinem Gewicht. App nahm vorne im Korb neben Sue platz und gestikulierte wild mit den Armen.

»Worauf wartest du?«, schrie sie Tobi an.

»Da sind sie …«, hörten sie die Verfolger über den Platz brüllen, und Tobi trat mit voller Kraft in die Pedalen. Langsam, sehr behäbig setzte sich das Lastenrad in Bewegung.

»Geht das nicht schneller?«, fragte App, die keinen Hehl daraus machte, dass sie Tobi nicht mochte.

»Ich versuche es ja. Aber drei Personen sind eben auch ziemlich schwer.«

Die Drohne flog jetzt ganz nah über ihren Köpfen. Ein dunkler *DEC*-Van hupte und zwei Wachmänner hatten sie schon fast erreicht.

Da zog App eine längliche Kapsel aus ihrem Rucksack, die grün aufleuchtete. Das Licht pulsierte und ein tiefes Brummen erklang.

»Was ist das denn?«, fragte Tobi, der Mühe hatte zu sprechen. Er versuchte noch immer, das Fahrrad auf eine ordentliche Geschwindigkeit zu bringen.

»Ein Flux-Kompensator«, sagte App wie selbstverständlich und klickte die Kapsel am Lenkrad fest. Ein surrendes Geräusch war zu hören, das sich zu einem lauten Pfeifton steigerte. Die schwarze Kapsel fing an zu vibrieren und das Licht leuchtete heller und heller.

»Was???«, schrie Tobi, der keine Ahnung hatte, was ein Flux-Kompensator war. Er sah nur die Männer hinter ihnen, die wie der Helikopter immer näher kamen. App drückte einen gelben Knopf, und da wurde Tobi plötzlich mit voller Wucht zurückgerissen. Das Rad beschleunigte wie aus dem Nichts, raste mit einer irren Geschwindigkeit auf die Straße, wurde schneller und schneller. Tobi schrie. Was war das?

»Schau auf die Straße, du Idiot. Lenken.« App hielt Sue fest, die am Einnicken war, und gab Tobi gleichzeitig Befehle.

Tobi versuchte, das gefährlich vibrierende Gefährt auf Kurs zu halten, und hoffte inständig, es würde nicht auseinanderfallen. Sie schossen an mehreren Wachleuten vorbei, die im letzten Moment zur Seite sprangen.

»Pass auf. Das Auto!«, schrie Sue, die sich an App festklammerte. Doch Tobi hatte den schwarzen Van schon bemerkt und versuchte zu bremsen. Zu spät. Der Bus kam ins Schlittern, seine Bremsen quietschten, und kurz bevor er das Rad von App, Sue und Tobi berührte, kam er zum Stehen.

Der Fahrer hinterm Steuer war ganz weiß im Gesicht geworden, er zitterte am ganzen Körper und schaute ihnen wie in Zeitlupe nach, während Tobi es sich nicht verkneifen konnte, beim Vorbeifahren zu winken.

Dann beschleunigte das Rad wieder rasant und schoss direkt auf das Wachhäuschen zu. Die Männer dort konnten nur noch zur Seite springen und mussten hilflos mit ansehen, wie die drei Ausreißer auf dem Rad über die Hauptstraße entkamen.

Sue rappelte sich noch einmal mit letzter Kraft auf, drehte sich um und brüllte: »Wer ist hier klein, hä? Wo sind die kleinen Kinder?«

Dann waren sie auch schon in der Dunkelheit verschwunden.

Zurück im Chaos blieb Dr. Drill, der brüllen und seine Leute zusammenschreien wollte, aber nicht mehr als ein kraftloses Schulterzucken zustande brachte.

Burger, Pommes und NT26D

Trotz Hausverbot und der Gefahr, von Dr. Drills Schergen doch noch entdeckt zu werden, stoppten die drei am Diner, der in der Dämmerung mit seinem blau-roten Neonlicht einem UFO glich. Sue zog sich ihre Kapuze tiefer in die Stirn, und App lieh sich Tobis rote Wollmütze. Für den Fall, dass der Chef hier auftauchte und sie wiedererkannte.

Tobi war noch immer von dem grün leuchtenden Flux-Gerät am Lenker des Lastenrads fasziniert, das App jetzt, nicht ohne einen gewissen Stolz, grinsend abmontierte und in ihrem Rucksack verstaute.

»Natürlich nicht zugelassen. Aber er schafft 80 km/h.« Sie zwinkerte ihm zu und verschwand im Diner. Und obwohl er App genauso wenig leiden konnte, wie sie ihn, musste er zugeben, dass er dieses Flux-Ding irgendwie genial fand.

Sue war indes schon wieder fast eingeschlafen. Als Tobi zu ihr kam, stützte er sie und bugsierte sie so unauffällig wie möglich in die hinterste Ecke des Ladens, während App Cola, Burger und Pommes orderte. Als sie an den Tisch zurückkam, musste sie lachen. Sues Kopf lag wieder auf der Tischplatte, sie schlief tief und fest, während Tobi daneben saß und hilflos versuchte, so unauffällig wie möglich auszusehen.

»Déjà-vu!«

Mit diesen Worten knallte App das Tablett so laut auf den Tisch, dass Sue hochschreckte und völlig entgeistert in die Gesichter von App und Tobi starrte. »Hab ich geschlafen?«, fragte sie nuschelnd. App schnitt eine Grimasse. Dann mussten auch Sue und Tobi lachen. Sie erhoben ihre Colabecher, stießen an, und Tobi rief: »Auf uns!«

Sue wurde, nachdem sie vier Becher Cola geleert hatte, wieder einigermaßen munter und versuchte, die Situation zusammenzufassen: »Also, meine Mutter ist weiterhin verschwunden. Wir haben aber ihr Telefon. Und ihren Laptop.« Sie merkte, dass sie Tränen in den Augen hatte, als sie an ihre Mutter dachte.

»Der Laptop ist bis auf ein paar alte Mails komplett leer«, ergänzte App, die sich das Ding genau angeschaut hatte.

»Also auch 'ne Sackgasse.« Resigniert hämmerte Sue mit ihrer Faust auf den Tisch. App nickte. Sue schnaufte, sackte auf dem roten Ledersessel in sich zusammen und meinte: »Wir wissen aufgrund deiner Fotos, dass Drill meine Mutter entführt hat. Aber wir wissen nicht, wo sie ist. Und vor allem, warum?«

Tobi, der genüsslich in einen Cheeseburger gebissen hatte, wischte sich den langen Käsefaden aus dem Mundwinkel und sagte: »Er will das hier.« Dann zog er die Ampulle mit *NT26D* aus seiner Hosentasche. Die hatte er im Labor gefunden, nun legte er sie neben die Pommes auf den Tisch.

»Er will das Unsichtbarkeitsserum. Stellt euch nur mal vor: Der Superspion. Niemand kann ihn sehen. Er kommt überall rein. Drill will das Zeug verkaufen. Ist doch klar.« Tobi hielt die Ampulle dicht neben sein Gesicht und grinste: »Vielleicht sollte ich auch einen Schluck in meine Cola tun. Invisible Tobi …«

Sue riss Tobi die Ampulle aus der Hand, warf ihm einen bösen Blick zu, versteckte das Fläschchen in ihrer Tasche und sah sich besorgt um. Aber die anderen Gäste waren mit sich selbst und ihren Telefonen beschäftigt. Niemand achtete auf die drei hier, die eben einer ganzen *DEC*-Armada entkommen waren und eine hochexplosive Mischung *NT26D* in ihrer Tasche versteckt hielten.

Sue beugte sich vor und flüsterte: »Lasst uns lieber überlegen, was meine Mutter mit der roten Maske meinte.«

Tobi, der eben die Reste seines Burgers in den Mund gestopft hatte, brabbelte erst etwas Unverständliches, kaute dann, als App sich angewidert abwandte, schneller, hielt schützend seine Hand vor den Mund und sagte: »Ich hätte da eine Idee. Ist deine Mutter Comicfan?«

Sue prustete los vor lachen. »Meine Mutter? Nie im Leben. Die liest nur wissenschaftliche Arbeiten. Und alles, was mit Zahlen zu tun hat.«

»Wie auch immer.« Tobi nahm eine Handvoll Pommes und blickte dann, immer noch hungrig, auf das pappige Brötchen, das vor Sue lag. »Die rote Maske«, sagt er, »könnte für einen Comichelden aus den 60ern stehen. Ein reicher Sack, der mit einem Metallanzug und einer roten Maske die Welt gerettet hat. Im wahren Leben nannte man ihn Alfred.«

Sue fuhr zusammen. »Alfred?« Ergab das jetzt irgend einen Sinn?

In diesem Moment erschienen auf allen Bildschirmen im Diner die Nachrichten von News24. Lisa Wells, die bekannte Reporterin, stand direkt vor dem Werksgelände der *DEC* und berichtete von einem erneuten Zwischenfall am heutigen Tag. Die Kameras zeigten aus der Luft wild umherrennende Wachleute, die etwas oder jemanden, dafür waren die Aufnahmen nicht scharf genug, verfolgten. Wells sagte: »Noch ist nicht genau klar, was heute Nachmittag den Alarm auf dem *DEC*-Gelände ausgelöst hat. Fakt ist nur, dass sich Direktor Drill weiterhin in Schweigen hüllt und jede Anfrage blockiert. Wenn Sie mich fragen, ein offensichtliches Zeichen dafür, dass hinter den Mauern des Forschungskomplexes etwas nicht stimmt.«

»Wir sind berühmt«, sagte App und knuffte Sue in die Schulter. Die schaute allerdings ängstlich zum Fenster hinaus. Tobi fragte: »Was's los?«

Hinter der dunkel getönten Scheibe lag der Parkplatz, wo Apps Lastenrad stand. Sue kniff die Augen zusammen, schüttelte den Kopf und sagte: »Ich dachte, ich hätte jemanden ... War anscheinend nur Einbildung.«

Schlösschen im Wald

Nach vier Burgern, reichlich Cola und jeder Menge Pommes gingen sie zum Lastenfahrrad zurück. Die Sonne war jetzt fast vollständig untergegangen und vom Fjord her wehte eine eiskalte Brise durch die Stadt. Über dem *DEC*-Gelände waren noch immer Hubschrauber zu sehen, sonst aber drangen, wie sie aus den Nachrichten wussten, keine Informationen über den Vorfall hinaus. Details hielt Dr. Drill unter Verschluss. Und offenbar auch Sues Mutter.

»Wo sollen wir jetzt hin?«, fragte Sue. Sie wollte unter keinen Umständen zu sich nach Hause.

»Wir könnten zu mir«, erklärte App. »Meine Tante wird nichts dagegen haben. Außerdem ist das der letzte Ort, an dem Drill euch suchen wird.«

Tobi nickte. App hatte recht. Das war ein guter Plan.

Um nicht weiter aufzufallen, steuerte App das Lastenrad jetzt durch kleine Straßen und Nebengässchen nach Hause. Der Flux-Kompensator blieb aus Sicherheitsgründen in der Tasche.

Diesmal saß Tobi neben Sue im Lastenkorb. Er wollte mit ihr reden, wollte ihr Mut machen, dass sie ihre Mutter noch finden würden, aber er wusste nicht genau, wie er das sagen sollte. Und lügen wollte er auch nicht. Außerdem war Sue seit dem Diner ziemlich wortkarg und starrte nur geradeaus.

Auch App redete nicht. Sie hatte einen Kopfhörer im Ohr und hörte wohl Musik. Bald wurde es richtig dunkel. Sue war schon wieder eingeschlafen. Ihr langsamer, gleichmäßiger Atem war zu hören.

»Ich hoffe, du verfütterst uns nicht an die Wölfe«, sagte Tobi leise.

App schien das gehört zu haben, sie grinste nur. Dann bogen sie in einen Waldweg ein, der zu beiden Seiten von großen Platanen gesäumt war, und erreichten nach wenigen Hundert Metern ein eisernes Tor, das App mit einer Fernbedienung öffnete. Sie sahen ein riesiges altes, mit Efeu und Rosen bewachsenes Schloss, das wie im Märchen aussah.

Tobi war begeistert und weckte Sue. Auch die staunte.

»Du wohnst in einem Schloss?«, fragten beide fast zeitgleich.

»Das gehört meiner Tante. Meine Mutter und ich dürfen nur hier wohnen«, sagte App gelangweilt. Das Schloss war umgeben von einem malerischen Park und alten Stallungen. Dazwischen konnte man in der Dunkelheit einzelne Statuen erkennen. Aus einem Teich schoss eine Wasserfontäne in die Luft und gleich daneben stand das stählerne Gerippe eines alten Pavillons, der aber schon so vom Rost zerfressen war, dass Teile des Daches sich nach innen durchbogen. Über eine hölzerne Brücke, die einen Wassergraben überspannte, erreichten sie den Eingang, wo ein groß gewachsener Mann, wohl der Gärtner, stumm Rosen beschnitt. Was in Anbetracht der Dunkelheit natürlich wenig Sinn machte. App bremste und hielt das Rad an.

»Meine Tante sitzt im Rollstuhl. Wundert euch nicht. Und sie ist ein bisschen ... schrullig.«

Mit diesen Worten betraten sie den riesigen Eingangsbereich. Warme Ofenluft empfing sie und Sue roch sofort den Duft von Kaffee und Kuchen. Neben alten Ritterrüstungen standen Fahrräder und jede Menge Computer herum, dazwischen lagen Schuhe, hingen Jacken und Gartengeräte. Das Haus war ein Schloss, aber Flecken an den Wänden und bröckelnder Putz verrieten, dass es viele Jahrhunderte alt und lange nicht renoviert worden war.

Eine Treppe führte hinauf ins erste Stockwerk. An den Wänden hingen große Teppiche mit Bildern von Schlachtszenen und schönen Königinnen, Bilder aus vergangenen Zeiten.

»Wow ...«, entfuhr es Tobi. App wohnte in einem echten Schloss.

»Ja. Geht so«, sagte App, »man gewöhnt sich an alles.«

Da hörten sie eine Stimme, die durch das Foyer hallte.

»Kaya ... Liebchen.«

Oberhalb der Treppe, direkt zwischen zwei Teppichen, war ein Fenster eingelassen. Es stand offen, und der Kopf einer älteren Dame war zu erkennen.

»Wie ich sehe, hast du Besuch mitgebracht.« Die alte Dame sah die Kinder durchs Fenster freundlich an. Sie hatte halblange, rotbraune Haare und ein mit tiefen Furchen übersätes Gesicht.

»Ja, Tante Lore«, sagte App. »Dürfen die beiden heut' Nacht bei uns schlafen?«

»Selbstverständlich«, lautete die Antwort und Sue musste an ihre Mutter denken. Nie im Leben hätte sie erlaubt, dass so spontan jemand bei ihnen übernachtete. Sie wäre ausgerastet und hätte Sue Vorwürfe gemacht.

Tante Lore beugte sich ein wenig vor, schaute aus dem Fenster und rief zu App gewand: »Ich sage deiner Mutter bescheid. Sie soll etwas zum Essen aus der Stadt mitbringen.«

»Cool. Danke. Wir sind in meinem Zimmer«, rief App.

Tobi und Sue fanden, dass es hier wirklich sehr entspannt zuging. Sie hatten die breite Treppe fast geschafft, da räusperte sich Lore: »Susanne?«

Sue zuckte zusammen.

»Pardon. Ich meine natürlich Sue. Hättest du einen Moment Zeit für mich?«

Sue nickte irritiert. »Klar.«

»Gut. Wir treffen uns in der Bibliothek. Kaya zeigt dir den Weg.«

Alte Bekannte

Das Schloss wirkte von außen gar nicht so riesig. Doch innen, in den unzähligen Gängen und in den vielen farbigen Salons, konnte man sich schnell verirren. App hatte Sue den Weg in die Bibliothek zwar beschrieben, aber Sue rüttelte trotzdem erst an drei versperrten Türen, bis sie endlich den gesuchten Raum erreichte.

Die Bibliothek war im linken Flügel des Schlosses und erstreckte sich über zwei Etagen, die mit einer dunklen Holzempore verbunden waren. In einem Kamin brannte ein knisterndes Feuer. Tausende Bücher standen in den Regalen. Aus Filmen kannte Sue große Bibliotheken, aber der Anblick hier erstaunte sie dennoch. In dieser Bibliothek waren die Bücher einfach übereinandergestapelt worden, manche in den Regalen, manche zu kleinen Türmen am Boden, die wie Hochhäuser mitten im Raum standen und sich zum Teil so schief beugten, dass Sue im Vorbeigehen Angst hatte, sie einzureißen.

Lore saß in einem modernen Rollstuhl, eine Mischung aus Segway und jenem Schwebestuhl, wie ihn Professor Xavier benutzte. Sie hantierte mit zittrigen Fingern an einer Tablettenbox herum, steckte sich zwei Pillen in den Mund und trank hastig ein Glas Wasser. Sue stellte sich neben sie ans Fenster.

»Geht es Ihnen gut? Soll ich Ihnen was bringen?«, fragte sie.

Lore lächelte sanft und stellte ihr Wasserglas zurück aufs Fensterbrett.

»Das ist sehr freundlich von dir, Sue. Aber mir geht es soweit gut. Nur mein Körper will nicht mehr so, wie ich will.«

Vom Fenster aus konnte Sue in den weitläufigen Park schauen. Kleine gelb-rote Laternen erhellten die Wege, und in der Ferne glitzerte ein See. Lore seufzte.

»Woher kennen Sie meinen Namen?«, wollte Sue wissen.

Lore beugte sich vor, griff die alte weiße Porzellankanne, die vor ihr auf dem Tisch stand, goss Kaffee in eine Tasse und reichte Sue das lecker duftende Getränk.

»Trinkst du schon Kaffee?« Sue schüttelte den Kopf, nahm die Tasse aber entgegen.

»Probier mal. Kaum Bitterstoffe, sehr würzig, mit einer leichten Schokonote. Außerdem weckt es die müdesten Knochen.« Lore lächelte Sue an und goss sich ebenfalls eine Tasse ein.

Sue hatte in ihrem ganzen Leben noch keinen Kaffee getrunken. Sie probierte und war überrascht. Die pechschwarze Flüssigkeit schmeckte erstaunlich gut und erinnerte sie tatsächlich an Schokolade. Sie schaute Lore an und lächelte.

Dann nahm Lore plötzlich ein Foto aus ihrer Handtasche und hielt es Sue unter die Nase. Sue erkannte die Personen darauf sofort. Es waren ihre Mutter, Marias Assistentin Lenia und Lore selbst. Die Frauen standen in einem Labor und trugen weiße Kittel. Sue konnte ihre Überraschung nicht verbergen und Lore nickte.

»Deine Mutter war die Beste an der Universität. Ehrgeizig, zielstrebig – und unglaublich naiv«, sagte Lore. Dann steckte sie das Bild wieder in ihre Handtasche und blickte aus dem Fenster. »Aber am Ende sind wir leider im Streit auseinandergegangen. Sie war besessen von der Idee, den perfekten und gesunden Körper zu erschaffen.« Lore klopfte auf ihr Bein, als wollte sie damit andeuten, wie nutzlos es geworden sei. Dann sah sie Sue eindringlich an. »Sie wollte das *NT26D* an die *DEC* verkaufen. Ich habe sie gewarnt. Aber sie hat nicht auf mich gehört.«

Das Feuer knisterte jetzt lauter und Sue bemerkte, wie dunkel es eigentlich in der Bibliothek war. Trotz des Feuers fror sie und zitterte sogar ein wenig. Lore griff ihre Hand und drückte sie sanft. Dann sagte sie: »Richte deiner Mutter doch trotzdem meine herzlichsten Grüße aus.«

Sue nickte. »Klar. Äh … Mach ich. Wenn ich sie sehe.«

Sie wich Lores Blick aus. Gut lügen konnte sie noch nie. Deshalb fragte sie schnell: »Dieser Drill … also der Chef der *DEC*. Würde er auch … ist er gefährlich?«

Lore kniff die Augen zusammen und sah wieder aus dem Fenster. »Die Menschen«, sagte sie mehr zu sich, »sind oft nicht das, was sie auf den ersten Blick scheinen.«

Die rote Maske

Sue war sich sicher, dass Lore damit ihre Vermutung indirekt bestätigte. Drill war ein Arsch. Sie überlegte kurz, was sie sagen sollte, aber Lore hatte die Augen bereits geschlossen. Vielleicht war sie eingenickt. So schlich sie leise aus der Bibliothek, rannte ins Obergeschoss und klopfte an die breite Flügeltür von Apps Zimmer.

»Ja?« Sue hörte Apps Stimme und trat ein. Das Zimmer war riesig. Mindestens doppelt so groß wie ihr eigenes, vollgestellt mit Robotern, Computern, Büchern und jeder Menge Elektroschrott. App saß an ihrem Schreibtisch und schraubte an irgendwas herum. Tobi stand neben ihr und hatte eine VR-Brille auf dem Kopf. Er zuckte merkwürdig.

»Was wollte meine Tante von dir?«, fragte App ohne aufzusehen.

»Sie kennt meine Mutter von der Uni. Lange Geschichte«, sagte Sue knapp und sah sich weiter im Zimmer um. Apps Bett war wie ein Mädchentraum. Ein riesiges Himmelbett mit roten Samtkissen, das so gar nicht zu App passte, dachte Sue.

»Hat meine Mutter aufgestellt«, meinte App und kicherte, als hätte sie Sues Gedanken gelesen. Tobi nahm die VR-Brille ab und war irritiert, dass Sue plötzlich neben ihm stand.

»Ich hab das Handy deiner Mutter geknackt«, erklärte App, stöpselte ein langes Kabel an das Telefon und schaltete einen Monitor ein. »Da ist 'n Video drauf.«

App startete den Film, der Bildschirm wurde kurz schwarz, dann konnte man Marias Labor erkennen. Sue und Tobi kamen näher. Das Video war recht dunkel und vor allem stark verwackelt. Schritte waren zu hören und das schwere Atmen von Maria, Stimmen brüllten im Hintergrund. Wieder wackelte die Kamera, dann sah man Sues Mutter. Sie sah verängstigt aus, schaute panisch, blickte sich wild um und sprach dann direkt in die Kamera: »Ich bin entführt worden. Wer auch immer das findet, beschützt meine Tochter. Bitte ... ich ...« In dem Moment wurde Maria von hinten gepackt. Das Handy fiel ihr aus der Hand, und man sah nur noch, wie Sues Mutter aus dem Raum gezerrt wurde.

Sekundenlang passierte nichts. Dann brach das Video ab.

»Was war das? Zeig noch mal!«, schrie Tobi.

App spulte zurück und drückte erneut auf Play. Das Handy fiel, Maria verschwand und ein heller Gegenstand kam kurz ins Bild. Allerdings so unscharf und verpixelt, dass man nicht einmal im Ansatz erkennen konnte, um was es sich handelte.

»Verdammt«, brüllte Sue und drehte sich wütend weg. Wieder eine Sackgasse, dachte sie und riss versehentlich die Laptoptasche ihrer Mutter vom Schreibtisch.

Eine tiefe Stimme meldete sich zu Wort. »Gewalt war noch nie eine Lösung.«

Die drei erstarrten. Wer hatte da gesprochen? Wo kam die

Stimme her? Instinktiv blickten sie sich um. Aber im Zimmer war niemand außer ihnen. Mit leicht zittrigen Händen öffnete Sue die Laptoptasche. Sicherheitshalber ging sie zwei Schritte zurück, man konnte ja nie wissen. Sue glaubte, dass die Stimme aus der Tasche gekommen war. Und sie meinte auch, die Stimme zu kennen.

Vorsichtig nahm sie den Laptop heraus.

»Hallo?«, fragte Sue ängstlich.

Keine Antwort. Sue legte den Computer auf den Boden und untersuchte die Tasche. Der Deckel war mit dickem Schaumstoff ausgekleidet, der an einer Ecke leicht eingerissen war. Sie sah zu Tobi, der zuckte nur mit den Schultern. So nahm sie allen Mut zusammen, hob den Schaumstoff an und sah einen roten, handtellergroßen Gegenstand. Sie nahm ihn heraus und ...

App schnappte nach Luft: »Die rote Maske.«

Das Ding ähnelte tatsächlich einer roten Maske, hatte gelbe Streifen, dunkle Augen und einen Mund, ähnlich einem Knopf.

»Soll ich?«, fragte Sue leise.

»Ich bitte darum«, antwortete die fremde Stimme erheitert, und Sue hätte die Maske beinahe fallen gelassen.

Niemand traute sich, etwas zu sagen, weder App noch Tobi noch Sue. »Finde die rote Maske!«, hatte ihre Mutter geschrien. Was hatte das zu bedeuten? Wer oder was war dieser Anhänger?

Sue drückte auf den weißen Knopf. Zunächst passierte gar nichts. Dann spürte sie eine leichte Wärme, das weiße Licht wurde heller und die Maske begann zu vibrieren. Hastig legte sie das Ding vor sich auf den Boden und sprang auf. Nicht zu spät, denn genau in diesem Moment schoss ein blauer Lichtstrahl aus der Maske heraus, formte sich zu einer riesigen holographischen

Kugel mit einem rot-gelben Punkt in der Mitte und sprach: »Miss Susanne! Willkommen zurück. Und bitte keine Torte werfen.«

Jetzt erkannte Sue die Stimme. Jetzt erinnerte sie sich wieder.

»Du bist die Stimme aus dem Labor meiner Mutter.«

»Das ist korrekt«, antwortete die Stimme übertrieben deutlich.

»Was bist du?«

Die blaue Kugel veränderte ihre Farbe und wurde heller. Der rot-gelbe Kreis modulierte jetzt weitere Sätze: »Was ich bin, übersteigt eure begrenzte Vorstellungskraft. Deshalb nennt mich einfach Alfred.«

Sue sah Tobi und App an. Dann fragte sie irritiert: »Du bist Alfred?«

»Das ist korrekt«, antwortete Alfred. Das Hologramm wurde größer. Vor Aufregung kippte Sue beinahe um.

»Wo ist Doktor Hartmann? Wer hat sie entführt?«, rief Tobi ungeduldig dazwischen. Aber die wabernde Holokugel blieb still.

»Warum antwortest du nicht?«, hakte Tobi nach.

»Miss Susanne, ES hat mich angesprochen.«

»Es? Meint der mich?«, fragte Tobi erstaunt.

Alfred räusperte sich. »Darf ich darauf hinweisen, dass nur Mitglieder der Familie Hartmann Zugang zu mir haben?«

Tobi war wütend. »Aber ich bin Sues ... äh ... Freund. Wir arbeiten zusammen.«

Alfred blieb stumm.

Sue seufzte und fragte: »Wo ist meine Mutter?«

»Leider liegen mir nur unzureichende Daten für eine komplette Analyse vor.«

Der nächste Tiefschlag, dachte Sue. »Das heißt, du weißt es nicht?«

»Das ist korrekt.« Die Holokugel knisterte leise.

Jetzt hatten sie zwar Alfred gefunden, aber scheinbar wusste der genauso viel oder wenig wie sie. Das war enttäuschend. Nervig.

»Hallo? Jemand zu Hause?« Eine weitere Stimme hallte durchs Schloss. Schritte waren zu hören, kamen näher zum Zimmer. Sue wusste nicht, was sie tun sollte, sie wedelte panisch mit ihren Armen und flüsterte: »Äh aus … Schnell.«

Alfred schien das nicht zu gefallen. »Ich darf doch sehr bitten. So redet man mit einem Hund.« Die Holokugel wurde größer und größer und nahm jetzt beinahe den halben Raum ein. Es klopfte an der Tür.

»Äh … schalt dich ab. Bitte. Beenden«, versuchte Sue es erneut. Diesmal höflicher.

»Wie Sie wünschen, Miss Susanne.«

Mit einem lauten Wusch verschwand die Kugel wieder in der Maske. Keinen Moment zu früh. Die Tür ging auf und Lisa Wells, die berühmte Nachrichtensprecherin von News24, steckte grinsend ihren Kopf herein.

»Hi … ich bin Lisa. Kayas Mama.«

Pizza

Geschepper kam aus der Küche. Jemand fluchte. Besteck fiel auf den Boden. Sue betrachtete staunend den riesigen Tisch inmitten eines Raumes, wo im Schloss die Mahlzeiten eingenommen wurden. Die Decke mit den edlen Ornamenten war viermal so hoch wie Sue groß. Über dem Tisch flackerten die alten Birnen eines überdimensionierten Kronleuchters, und auf den Fensterbrettern standen merkwürdig aussehende anatomische Modelle von menschlichen und tierischen Organen.

»Die Frau aus dem Fernsehen ist deine Mutter?« Tobi war begeistert, während App mit den Augen rollte und lediglich nickte.

Lisa kam, immer noch grinsend und gut gelaunt, mit einem Stapel Pizzakartons aus der Küche. Die würden für eine ganze Fußballmannschaft reichen, dachte Sue.

»Wenn ich gewusst hätte, dass ihr alle kommt, dann hätte ich natürlich was Richtiges gekocht«, sagte Lisa, »Spaghetti oder Ratatouille.«

Sie betrachtete die drei unschlüssig im Raum stehenden Kinder und zwinkerte ihrer Tochter zu, die langsam aber sicher etwas gereizt auf diese Harmonie- und Freundschaftsbekundungen reagierte und genervt sagte: »Alles gut Mama. Pizza ist voll okay.«

»Puh!« Lisa setzte sich erleichtert an den Tisch. Tobi und Sue nahmen ebenfalls Platz.

»Wir können ja nachher noch Popcorn machen, wenn ihr wollt. Und einen Film schauen?«

»Mama ...« App setzte sich jetzt neben Sue. Ihr Gesicht hatte sich so stark verfinstert, dass man ihre Augen kaum noch sehen konnte.

»Ja ... Dann ... Guten Hunger und ... äh ... fühlt euch wie zu Hause. Ich bin gar nicht da. Bin praktisch unsichtbar.« Lisa lachte über ihren Scherz. Ihr Lachen erstarb allerdings sofort, als sie bemerkte, dass weder Tobi noch Sue noch App darauf reagierten. Im Gegenteil. Alle versuchten möglichst unauffällig woanders hinzuschauen. Um die peinliche Stille zu überbrücken, nahm Lisa den ersten Karton vom Stapel und reichte ihn Sue.

»Käse?« Sue nickte und nahm die Pizza entgegen. Dabei beugte sich Lisa verschwörerisch vor und flüsterte: »Weißt du etwas über die Explosion in der *DEC*? Deine Mutter ist doch DIE Maria Hartmann, oder?«

Sue lies vor Schreck beinahe den Pizzakarton fallen. »Äh ... nein. Also ja. Keine Ahnung. Ich ... Meine Mutter redet nicht viel.«

Lisa hatte der journalistische Ehrgeiz gepackt. Sie wollte gerade nachfragen, als ...

»Mama ...« App sah ihre Mutter an und deutete auf die Küchentür. Lisa verstand sofort.

»Okay ... Gut. Ihr wollt allein essen. Bin schon weg.« Sie nahm sich eine Pizza, ging zur Tür, sah sich noch einmal um und verschwand mit einem »Na dann viel Spaß!« in der Küche.

App wartete einen Moment, bis sie sicher war, dass ihre Mutter nicht hinter der Tür lauschte. Dann flüsterte sie: »Ich hab nicht oft Freunde zu Besuch. Eigentlich seid ihr die ersten, die ich mit nach Hause bringe.«

Sue fragte verwundert: »Und dein Erfinderclub? Haben die dich hier noch nie besucht?«

App schluckte. Sie nahm sich ebenfalls einen Karton vom Stapel und stellte ihn vor sich. Sie schob ihre Pizza noch drei mal hin und her, bis sie exakt im Neunzig-Grad-Winkel zur Tischplatte lag, dann sagte sie: »Mein Erfinderclub ... Ja ... Das sind nur ich ... und manchmal noch ... ich. Ich bin ein Einzelgänger. Ich kann einfach nicht mit anderen. Will jemand Salami?«

Tobi meldete sich sofort und nahm die Pizza dankbar entgegen, während Sue ihre neue Freundin lange ansah. Das hatte sie nicht gewusst. App war also genauso ein Außenseiter wie sie. Keine

Freunde, niemand, der sie mal in den Arm nahm oder der am Nachmittag anrief.

»App«, sagte Sue und trat unterm Tisch gegen Tobis Schienbein, damit der aufhörte, so laut zu schmatzen, »wir sind heute in die *DEC* eingebrochen und allen entwischt. Das hätten wir nie im Leben allein geschafft. Von wegen Einzelgänger.«

Mit vollem Mund pflichtete ihr Tobi bei und rieb sich vor Schmerz das Knie. »Sue hat recht.«

App schien eine Träne im Auge zu haben, aber das versuchte sie galant zu überspielen. Schnell nahm sie eine neue Pizzaschachtel, öffnete sie und grinste. »Schinken. Und ich werde nicht teilen. Okay?«

Alle lachten und beeilten sich, den riesigen Pizzaberg zu verkleinern. Denn natürlich wollten die drei so schnell wie möglich zurück zu Alfred.

Die große Gefahr

Sues Handy vibrierte. PAPA stand in großen Buchstaben und mit einem Smiley dahinter auf dem Display. Aber weil ihr Handy irgendwo zwischen all den anderem technischen Zeugs, zwischen Schrauben und Tastaturen auf Apps Schreibtisch lag, bekam Sue es gar nicht mit. Die drei waren beschäftigt. Sie hatten Alfred wieder aktiviert, und seine holographische Kugel tauchte Apps Zimmer in kühles blaues Licht.

»Es ist mir jedes Mal eine Freude. Willkommen zurück, Miss Susanne«, begrüßte er Sue mit leicht schwülstiger Stimme.

»Ich heiße Sue« erwidert Sue genervt.

»Pardon, Miss Sue!«, korrigierte sich Alfred schnell.

Tobi fackelte nicht lang und fragte: »Wozu hat Doktor Hartmann dich benutzt?«

Doch Alfred blieb stumm. Tobi rollte mit den Augen und gestikulierte hilflos in Sues Richtung. »Sue! Das ist doch albern. Er ist nur eine Maschine.«

Das aber war zu viel für Alfred. »Maschine«, platzte es empört aus ihm heraus. Er leuchtete noch heller und gespenstischer als sonst. »Ich bin in der Lage, zehn hoch 367 Prozesse in der Millisekunde abzurufen, während Sie nicht einmal simple Algebra beherrschen, Sir.« Wobei das »Sir« verächtlich hingerotzt klang. Die Stimmung glich einem heraufziehenden Gewitter.

Sue seufzte. Ihr ging dieser kindische Streit gehörig auf den Geist. Sie hatten Wichtigeres zu tun. »Schluss jetzt. Beide. Beantworte seine Frage«, befahl sie.

Nicht ohne einen beleidigten Unterton gehorchte Alfred, schrumpfte dabei aber wieder auf halbe Größe und wurde blau. »Wie Sie wünschen, Miss Sue. Nachdem Doktor Hartmann, also Ihre werte Frau Mutter, in der *DEC* alle Daten bezüglich *NT26D* gelöscht hatte, benutzte sie meinen überlegenen Neutronenprozessor, um im Geheimen weitere Tests durchzuführen.«

Sue sah App fragend an, in der Hoffnung, dass ihre Freundin mehr verstanden hätte. Aber Kaya zuckte nur ahnungslos mit den Schultern. Deshalb fragte sie nach: »Was für Tests?«

»Für ein Gegenmittel. Wenn Sie bitte einmal schauen würden?«

Die holographische Kugel veränderte sich, schrumpfte auf halbe Größe und bildete eine Art Bildschirm. Darin sah man jetzt Marias Labor. Doktor Hartmann saß, im weißen Kittel und anscheinend Stunden vor ihrer Entführung, am Schreibtisch und hielt eine Spritze in der Hand. Auf ihrem Kopf klebten Elektroden und Messgeräte. Lange Kabel waren mit dem Computer verbunden.

Dann sprach Maria direkt zu Alfred in die Kamera: »Also Alfred, Aufnahme starten. Ich spritze mir jetzt *NT26D*.«

Sue kniff vor Schreck ihre Augen zusammen. Ihre Mutter spritzte sich *NT26D*? Warum tat sie das?

Maria drückte die Nadel fest in ihren Arm, zuckte unmerklich zusammen und betrachtete dabei den Monitor. Es piepte mehrmals laut, Zahlenreihen flogen in schneller Abfolge vorbei. Maria wirkte irritiert und verunsichert.

»Alfred ... Ich sehe keinerlei Reaktion. Die Mutation ist negativ. Entweder habe ich einen Fehler gemacht, oder ...« Sie verstummte. Die drei Kinder hingen voller Spannung an ihren Lippen. »Oder ... Es ist ein genetisches Problem.«

Der Bildschirm verschwand, Alfred hatte wieder seine gewohnte Form angenommen. Sue runzelte die Stirn und versuchte zu verstehen, was ihre Mutter gemeint hatte.

»Ich kapiers nicht«, flüsterte sie.

Alfred räusperte sich ein weiteres Mal, scheinbar eine Macke, die man ihm einprogrammiert hatte, um menschlicher zu wirken, und sprach Sue jetzt direkt an.

»Was Ihre Mutter damit sagen wollte: Nur Ihr könnt Euch unsichtbar machen, Miss Sue. Das *NT26D* reagiert nur auf Euer Blut. Bei allen anderen hat es keinen Effekt.«

Wow. Das hatte gesessen. Sue spürte, wie ihr schwindelig wurde. Sie schloss kurz die Augen und hielt sich an Apps Schulter fest. Dann schluckte sie und fragte: »Willst du damit sagen, Drill hat meine Mutter umsonst entführt?«

»Drill hat Ihre Frau Mutter entführt?« Alfred wirkte überrascht.

Tobi wollte Sue jetzt beruhigen: »Sue, wenn ich das richtig verstehe, ist deine Mutter für Drill vollkommen wertlos. Sie brauchen dein Blut.«

»Es fällt mir schwer, dass zuzugeben«, sagte Alfred, »aber der Mensch da hat recht. Wenn jemand, hypothetisch gesprochen, beabsichtigt, ein Unsichtbarkeitsserum auf Basis von *NT26D* zu bauen, dann braucht er hierfür Miss Sues Blut. Um es anders auszudrücken: Sie sind in sehr großer Gefahr, Miss Sue.«

Erst jetzt begriff das Mädchen, was er damit meinte. Erst jetzt wurde ihr bewusst, was ihre Mutter scheinbar sofort nach der Entdeckung der Unsichtbarkeit ahnte. Sie war der Schlüssel zu allem. Ihr Blut war mit einem Mal begehrter als Gold. Und selbst wenn sie es schaffen sollte, ihre Verfolger abzuschütteln, würden auf der Stelle hundert Neue auftauchen und sie jagen. Sie würde nie mehr ein normales Leben führen können. Sue spürte, wie die Kraft sie verlies. Und sie war ein weiteres Mal froh, dass Tobi und App bei ihr waren.

Besuch

Sue war nach dieser Erkenntnis nicht mehr in der Lage, einen Film zu schauen und weiter mit Kaya und Tobi abzuhängen. Sie wollte nur noch ins Bett und schlafen. Apps Mutter hatte zwei Zimmer in der oberen Etage herrichten lassen. Große Zimmer mit gemütlichen Himmelbetten und uralten Gemälden an den Wänden. Sue konnte trotz ihrer Müdigkeit nicht einschlafen. Sie hörte überall Geräusche, musste an Drill und dessen Männer denken, wälzte sich von links nach rechts, strampelte die Decke zurück und wickelte sich fröstelnd wieder ein.

Dann stand sie auf und klopfte bei Tobi. Der war noch wach und las.

»Ich kann nicht schlafen«, murmelte Sue und setzte sich zu Tobi aufs Bett. Der rutschte leicht beiseite und berichtete ihr fasziniert von der Wells'schen Familiengeschichte, die er gerade las. Die Chronik erzählte von Apps Familie, führte in die Vergangenheit und beschrieb jeden einzelnen Hausherren und jede einzelne Hausherrin. Tobi liebte solche Geschichten. Doch Sue hörte gar nicht mehr zu, sie drehte sich um und war sofort eingeschlafen.

»Das wird noch zum Running Gag«, seufzte Tobi, legte Sues Kopf sanft auf sein Kissen, deckte sie mit seiner Decke zu, überlegte kurz, was er jetzt machen sollte, und ging dann, das Licht leise ausknipsend, hinüber in Sues Zimmer.

Irgendwann erloschen auch die unzähligen Laternen im Park und das Schloss lag dunkelschwarz, wie ein umgekippter Riese, still und tief schlafend inmitten der Markholmer Berge. Auch der emsige Gärtner war ins Bett gegangen, und niemand sah den dunklen Schemen, der jetzt geschickt zwischen den uralten Obstbäumen und Hecken auf das Haus zu rannte. Als würde sich der Schemen hier auskennen, kletterte er geschickt an einer Regenrinne in den ersten Stock, zog sich über die etwas bröckelige Umrandung eines Balkons, öffnete eine nicht ganz verschlossene Tür und verschwand im Bauch des Riesen.

Der Schemen, der jetzt nur noch eine unscharfe Bewegung war, schlich über den Gang im ersten Stock, vorbei an den alten Büchern und Statuen, mied geschickt die knarzenden Dielen, schlich vorsichtig die Treppe hinauf und blieb genau vor einer weißen Zimmertür stehen.

Eine behandschuhte Hand drückte die abgenutzte Messingklinke wie in Zeitlupe nach unten und schob die Tür sachte auf. Unter der Decke schnorchelte es friedlich. Auf dem Nachtkästchen lag Sues Handy. Die geheimnisvolle Gestalt sah sich kurz um, schlich weiter um das Himmelbett, näherte sich vorsichtig dem schlafenden Kind und legte ihre Hand auf die Decke.

Mit einem Ruck zog die Gestalt die Decke weg. Das Kind darunter schrie auf, sprang aus dem Bett, schaltete mit der rechten Hand das Licht an und schnappte sich den alten Stuhl.

Keuchend und auch ein wenig ängstlich sah Tobi sich um. Er hielt den Stuhl wie eine Waffe drohend über seinem Kopf und sondierte das Zimmer. Der dunkle Schemen war bereits wieder verschwunden, das Fenster stand offen und draußen bellte ein einsamer Hund. Ein dumpfes Geräusch war zu hören, ein unterdrückter Aufschrei und dann fliehende Schritte über Kieswege.

Tobi stellte den Stuhl ab, rannte zum Fenster und starrte vergeblich in die Dunkelheit. Keine Bewegung, kein Auto, Nichts.

Als er sich umdrehte, stieß sein Fuß gegen einen kleinen Gegenstand am Boden, den der Einbrecher offensichtlich fallen gelassen hat. Als er ihn aufhob, wirkte er überrascht. Es war eine Spritze. Die Nadel blitzte im kühlen Mondlicht gefährlich auf.

Kriegsrat

Aus dem Kaminzimmer drangen aufgeregte Stimmen durch das Haus. Besonders die von Tobi klang laut und beinahe schrill. Sue war durch das heftige Klopfen an ihrer Tür wie benebelt erwacht und halb in Trance aus dem Bett gesprungen. Was sollte die nächtliche Störung? Draußen war es noch dunkel. Uhren sah sie nirgendwo, und wo ihr Handy war, wusste sie nicht. Sie lief zum Kaminzimmer, wo Tante Lore, Lisa, App und Tobi vor den wild hin und her züngelnden Flammen saßen und redeten.

»Was ist denn los?«, fragte Sue müde.

Alle drehten sich zu ihr um. Sue war total zerzaust. Ihre Haare standen nach allen Seiten ab, was ihr ein gespenstisches Äußeres verlieh.

»Du siehst aus wie meine Ur-Ur-Ur-Großmutter«, lachte App laut los.

Sue versuchte es mit einem bösen Blick, scheiterte aber und setzte sich ohne ein weiteres Wort zu App auf die Lehne des dicken Ohrensessels.

»Bei uns ist eingebrochen worden«, erklärte Lisa so unaufgeregt wie möglich, während sie ein neues Stück Holz ins knisternde Feuer warf. »Die haben wahrscheinlich gedacht ... oh, ein Schloss, hier gibt es was zu holen. Aber niemand hat mit unserem Tobi gerechnet.« Lisa klopfte Tobi, der neben ihr saß und peinlich berührt die Fliesen am Boden betrachtete, auf die Schultern, während App ihre Augen verdrehte.

»Das war doch nix«, beschwichtigte Tobi kleinlaut. Aber Lisa ließ ihm keine Chance. »Jetzt mal nicht tiefstapeln, du Held.«

»Und die Spritze?«, fragte App urplötzlich. »Warum sollte hier jemand einbrechen und 'ne Spritze zurücklassen. Das ergibt doch alles keinen Sinn.«

App hielt die Spritze hoch, die Tobi auf dem Boden im Zimmer gefunden hatte. Darauf standen drei schwarze Buchstaben: *DEC*.

Sue wäre beinahe vor Schreck von der Lehne gerutscht.

»Was weiß denn ich. Kaya, Schatz«, sagte Lisa. »Das tut mir alles wahnsinnig leid. Wir sollten vielleicht die Polizei rufen.«

Sue, die bei dem Wort Polizei sofort App ansah, schüttelte energisch den Kopf. Tante Lore, die bis eben noch ziemlich teilnahmslos dagesessen hatte, beobachtete ihre Nichte und sprach dann mit ruhiger Stimme: »Ich werde mich um alles kümmern. Bitte geht jetzt wieder zu Bett und versucht, ein wenig zu schlafen. Mortimer ist schon unterwegs und kontrolliert alle Fenster und Türen. Und morgen früh sehen wir weiter.«

»Aber …«, wollte Lisa widersprechen, doch der Blick von Tante Lore brachte sie zum Schweigen.

Eine Überraschung

Sue durfte nach dieser ganzen Aufregung bei App im Zimmer schlafen. Mortimer, der hier im Schloss scheinbar nicht nur der Gärtner war, brachte eine große Matratze mit Bettzeug. Dann nickte der groß gewachsene, ziemlich dürre und schweigsame Kerl und verschwand wieder aus dem Zimmer.

»Unser Hausgeist«, kicherte App. Doch die beiden Mädels waren zum Schlafen viel zu aufgeregt, sie dachten nicht einmal im Traum daran, sondern schnatterten noch, bis die ersten Sonnenstrahlen über den Bergkuppen hinterm Park erschienen. Erst dann schliefen sie ein.

Als Sue zum zweiten Mal erwachte, war das Zimmer von gold-gelbem Licht durchflutet. App war nirgendwo zu sehen. Sue stand auf und wollte ein Fenster zum Lüften öffnen, als ihre

Freundin hereinkam. Sie trug eine riesige Kiste und sah aus, als wäre sie schon eine ganze Weile auf den Beinen. Auf dem Kopf trug sie eine Art Schweißerbrille und in einem der Zopfknödel steckte ein Schraubenzieher.

»Moin«, trällerte sie gut gelaunt und stellte das schwere Paket auf den Schreibtisch, dabei blinzelte sie geheimnisvoll mit den Augen und fragte: »Na? Gut geschlafen?«

»Geht so«, antwortete Sue. »Ich musste die ganze Zeit an diese Spritze denken. Das ist doch kein Zufall, oder?«

App wirkte jetzt ernst und auch ein bisschen besorgt. »Die waren definitiv hinter dir her.«

»Zum Glück hab ich bei Tobi im Bett gepennt«, sagte Sue beiläufig und mehr zu sich selbst. Das war allerdings eine Steilvorlage für App, die zu kichern begann. Sue rollte mit den Augen. »Hey … nicht was du denkst. Ich konnte nicht einschlafen und bin dann zu Tobi. Und irgendwann …«

App grinste noch mehr. »… bist du in Tobis Armen friedlich eingeschlafen. Wie süß.«

»Ja, äh, Nein. Er ist sofort zu mir ins andere Zimmer.«

»Aha«, sagte App.

»Egal, was ich jetzt sage. Du wirst mir eh nicht glauben.«

»So ist es, Prinzessin. Dafür zeig ich dir was anderes. Komm mal her.« App öffnete den Karton. »Ich konnte nämlich auch nicht schlafen.« Sie zog einen länglichen, dunkelroten Gegenstand heraus, hielt ihn stolz hoch und sagte: »Feuerfestes Material. Extrem leicht und unzerstörbar. Eine Superheldenjacke. Mit Kapuze natürlich. Dazu passend gibts eine enganliegende Hose, Stiefel und eine Art Rucksack, in den eine Trinkblase für Cola eingenäht ist. Damit du nicht immer einschläfst.«

Dann zog sie noch eine Art Fernbedienung aus der Hosentasche, die man sich mit einem Klettverschluss ums Handgelenk binden konnte. »War nicht ganz so einfach. Aber ich fand diese Taschenwärmer sehr old-school und etwas kompliziert. Deshalb hab ich ein Gerät entwickelt, das heiße und kalte Impulse abgibt. Direkt an deinem Arm. So kannst du dich jederzeit unsichtbar und wieder sichtbar machen. Hier ...« Sie zeigte auf zwei Köpfe, einer rot und einer blau, die als Steuerung dienten.

»Ich muss sagen, Du bist genial«, meinte Sue und strahlte.

App freute sich über das Lob und überließ Sue den Karton mit den Klamotten. Dann deutete sie auf Sues alten Kapuzenpulli. »Wenn du den nicht mehr brauchst, ich nehm ihn gern. Wollte so einen schon immer haben, aber meine Mutter ...«

Sie machte eine Pause und beendete den Satz nicht.

Pancakes

Tobi war schon beim Frühstück. In der Küche roch es lecker nach Pancakes, frischem Kaffee und heißer Schokolade. Tobi fühlte sich wie im Urlaub.

App kam dazu. Sie trug Sues Kapuzenpulli und setzte sich möglichst weit weg von Tobi an die gegenüberliegende Seite des Tisches. Martha, die Haushälterin, brachte ein Extratablett mit Kaffee, Pancakes, einer Möhre und blutrotem Saft. App sah Tobis fragenden Blick, hob das Glas und hielt es ihm hin. »Tomatensaft. Willst du auch?«

Tobi lehnte dankend ab. Das klang ihm alles viel zu gesund.

»Wo ist Sue?«, wollte er wissen. App grinste verschmitzt,

zuckte mit den Schultern und biss in die knackige Möhre. In diesem Moment ging die schwere Tür zum Treppenhaus auf, aber niemand kam herein. Tobi hatte eben seine Pancakes mit Ahornsirup versüßt, sah nur kurz auf und sagte: »Haha … Du bist unsichtbar. Ich weiß. Du musst dir langsam mal was Neues einfallen lassen.«

Dann wollte er mit der Gabel in den fluffigen Teig stechen, doch genau in diesem Moment verschwand sein Teller mitsamt Pancakes und wurde unsichtbar. Damit hatte Tobi nicht gerechnet. Seine Gabel landete mit Schwung in der Tischplatte. Erstaunt tastete er mit der Hand nach seinem Teller und bemerkte erst jetzt, wie App sich vor Lachen krümmte. Entrüstet sagte er: »Das ist nicht witzig. Das waren meine …« Er suchte Sue, konnte das Mädchen natürlich nicht sehen. Sekunden später flirrte die Luft zwischen Tür und Angel. Der durchsichtige Glaskörper, den er schon so gut kannte, erschien … und … Tobis Augen wurden größer und größer.

Da stand eine junge Frau mit Superheldenanzug und Kapuze vor ihm. Sie sah extrem cool aus und blickte ihn augenscheinlich gefährlich an.

»Sie hatten Pancakes bestellt?«, fragte Sue und musste grinsen, als sie Tobis Blick sah.

»Invisible Sue«, sagte Kaya.

Und Sue nickte. »Invisible Sue.«

Tobi kriegte nur ein kurzes »Krass!« heraus.

Dann setzte sich auch Sue an den Tisch und bekam von Martha ebenfalls frische Pancakes und Saft. Sie genossen das Frühstück, bis Sues Handy klingelte. Es klingelte laut, grausam laut, und holte alle sofort in die Realität zurück.

ANONYM stand auf dem Display. Sue nahm den Anruf trotzdem an.

»Ja?«

Zunächst war nur ein leises Rauschen zu hören. Dann schnelles Atmen. Sue wiederholte noch mal »Ja?«. Dann hörte sie eine Stimme, die Sue sofort erkannte. »Mama?«

App und Tobi sprangen auf. Sue schaltete das Handy auf laut und hielt es hoch. Ihre Hand zitterte.

»Susanne?« Maria war jetzt deutlich zu hören.

»Mama???«

»Susanne. Endlich. Gott sei Dank, du bist's. Pass auf. Ich hab nicht viel Zeit.« Maria war völlig außer Atem. Es schien, als würde sie rennen. »Ich bin entkommen. Aber du bist in großer Gefahr.«

»Mama? Wo bist du?«, schrie Sue.

»... nicht trauen. Bitte. Du darfst niemandem trauen. Wir treffen uns in einer Stunde am alten Marktplatz. In einer ...«

Wieder brach der Empfang ab.

»... Brunnen«, sagte sie. »Verstanden? Wir ...«

Maria schrie irgendwas. Es folgte ein ohrenbetäubender Lärm. Dann war der Anruf weg.

»Mama? Mama ...«

Stille.

Sue knallte ihr Handy wütend auf die Tischkante und der Riss auf dem Display vergrößerte sich. »Verdammt ...«

Niemand im Raum wagte, etwas zu sagen.

Der geschlagene Riese

Lisa, Apps Mutter, war schon sehr früh am Morgen in die Stadt gefahren. Sie hatte den Kindern einen handgeschriebenen Zettel hinterlassen und wünschte allen, trotz des nächtlichen Ärgernisses, einen schönen Tag. Wenn die wüsste, dachte Sue und legte den Zettel beiseite.

Tante Lore hatten sie heute Morgen alle noch nicht gesehen. Das sei aber normal, erklärte App. Ihre Tante sei alt und krank und würde immer lange schlafen. Und wenn sie nicht schläft, dann sitze sie in der Bibliothek und lese.

Also beeilten sich die drei, ihre Ausrüstung zusammenzusuchen. App verteilte ihre Funkohrstecker, Sue füllte die Trinkblase ihres neuen Superheldenanzugs, und Tobi machte sich mit den vielen Hebeln und Knöpfen am Lastenrad vertraut. Keiner verlor ein Wort über Sues Mutter. Keiner wollte spekulieren oder aussprechen, was er dachte. Sie hofften einfach nur, dass Maria es geschafft hatte und am Brunnen auf sie wartete.

»Wir fahren. Jetzt!«, sagte Sue. Ihr Superheldenanzug zeigte bereits Wirkung. Sie sprach wie ein Anführer und ließ keinerlei Zweifel an ihrer Ernsthaftigkeit. Sie wollten gerade aufbrechen, da erschien Tante Lore in ihrem futuristischen Rollstuhl, dessen Räder heute blau leuchteten. Schon von Weitem rief sie: »Kaya – Liebchen. Ich habe mit der Polizei telefoniert. Sie haben bestätigt, dass es hier in der Gegend zurzeit zu Einbrüchen kommt. Die Täter erscheinen meist nachts, steigen über die Fenster ein und stehlen Computer und Tablets. Der nette Kommissar Gordon vom dritten Revier hat mir aber versprochen, heute Nacht seine Streife bis zu unserem Grundstück zu schicken. Wir müssen uns also keine Sorgen machen.« Dann sah sie Sue und musste schmunzeln. »Geht ihr zum Fasching?«

»Äh …« App druckste herum, doch Tobi kam ihr zu Hilfe. »Wir bereiten die Halloween-Party der Schule vor«, log er und war sichtlich zufrieden mit dieser Ausrede.

»Stimmt. Heute ist ja Halloween. Na dann: Süßes, sonst gibt's Saures.« Sie lachte.

»Danke, Tante Lore.« App winkte ihr zu, dann zogen sie los.

Sie benutzten wieder den Flux-Kompensator, um mit dem Lastenrad ordentlich auf Geschwindigkeit zu kommen und so schnell wie möglich in die Innenstadt von Markholm zu gelangen. Tobi lenkte das Rad geschickt über die kleinen Vorortstraßen. Und Sue hoffte inständig, dass dieser Tag endlich die gewünschte positive Wendung für sie und ihre Mutter bringen würde.

Bald erreichten sie den alten Marktplatz, der um diese Zeit voller Touristen und Einkäufer war. Maria war noch nicht zu sehen, weshalb sich Sue und Tobi direkt neben den alten Brunnen stellten. App hockte etwas abseits auf ihrem Lastenrad, sie hatte ihre kleine Drohne ausgepackt und ließ diese hoch über dem Marktplatz kreisen, verfolgte jede Bewegung am Boden mit ihrer Kamera.

Mitten auf dem alten Marktplatz von Markholm stand ein steinerner Brunnen. Die Figur darauf war ein Riese, der von mehreren Zwergen und einigen Menschen mit Pfeilen, Seilen und Netzen in die Knie gezwungen wurde. Einer alten Legende nach soll es vor vielen Hundert Jahren in den Bergen rund um Markholm solche Riesen gegeben haben, die sich irgendwann mit den Stadtbewohnern überwarfen und fortan Schiffe im Fjord mit abgebrochenen Felsen bewarfen und zerstörten. Deshalb zogen die Menschen eines Tages los, unterstützt von Zwergen, um die Riesen zu vertreiben. Der Legende nach gelang das auch, allerdings mussten viele Zwerge und Markholmer Bürger den Kampf mit ihrem Leben bezahlen. Davon berichtete dieser Brunnen.

Tobi sah sich die Figuren an und wurde von Minute zu Minute unruhiger. Schließlich sagte er leicht wütend in das Funkgerät: »Ich find', das ist kein guter Plan, hier darauf zu warten, dass Drills Männer uns fangen.«

Alfred, der die ganze Zeit in Sues Tasche geschlummert hatte, wurde plötzlich munter und mischte sich in den Funkkreis räuspernd ein: »Es tut wenig zur Sache, aber der junge Master hat recht. Dieser Ort hier ist weder sicher noch gut gewählt.«

»Siehst du?«, sagte Tobi und konnte sich ein Grinsen nicht verkneifen.

»Leute, können wir uns auf die Sache konzentrieren?«, forderte Sue. »Schaut euch bitte um, und wer meine Mutter als Erster sieht, sagt Bescheid.«

Tobi lehnte sich zu Sue rüber und fragte: »Warum wollte sich deine Mutter ausgerechnet hier treffen?«

»Ist doch logisch. Drill wird mich wohl nicht entführen, wenn hundert Leute zugucken, oder?« Tobi nickte und hoffte, dass Sue recht hatte.

In dem Moment klingelte ihr Handy.

»Sue?« Es war ihr Papa. Und noch ehe Sue irgendetwas sagen konnte, plapperte er drauflos. »Bist du gerade unsichtbar? Und Mama auch? Ihr seid auf jeden Fall super schwer zu erreichen.«

»Ich ...« wollte Sue ihn unterbrechen, aber ihr Papa sprach ohne Pause weiter. »Kleiner Scherz ... Wollte nur fragen, ob alles gut ist?«

Da meldete sich App. Sie winkte aufgeregt mit den Armen. Scheinbar hatte ihre Drohne etwas entdeckt. »Äh, Leute«, sprach sie ins Funkgerät, »wir kriegen Besuch!«

Sue erkannte als Erste die Gefahr. An beiden Zufahrten zum Marktplatz hielten schwarze Vans mit *DEC*-Logo. Sicherheitsleute der Firma sprangen raus und verteilten sich über den Platz.

Sues Vater Christoph, der natürlich nicht ahnen konnte, dass seine Tochter gerade in großen Schwierigkeiten steckte, redete fröhlich weiter. »Ich bin auf dem Rückweg. War ein schönes Konzert gestern. Und Prag ist einfach wundervoll. Sollte zum Abendessen zurück sein. Braucht ihr noch was?«

»Papa!«, sagte Sue jetzt energisch. »Ist grad ganz schlecht.«

»Was?«, wollte Sues Vater wissen. Aber Sue sagte nur kurz »Ich ruf dich später wieder an«, drückte ihn weg und steckte das Handy in die Tasche.

Immer mehr *DEC*-Leute kamen auf den Markt. Nicht nur die Touristen bekamen große Augen. Auch aus der Perspektive von Apps Drohne sah die Lage ziemlich ausweglos aus, was App die anderen auch wissen ließ. Und Sue und Tobi standen am Brunnen, gut sichtbar für alle, wie auf einem Präsentierteller.

»Das ist definitiv nicht deine Mutter«, quäkte Tobi und blickte sich hilflos nach allen Seiten um.

»Kannst du bitte deine Klappe halten!«, fauchte App und programmierte irgendwas auf ihrem Computer herum. »Sue, was machen wir jetzt?«, fragte sie.

Sue wusste es nicht. Wie versteinert stand sie da, schaute grimmig auf die Angreifer, die über den Platz auf sie zukamen und sie gleich ganz sicher gefangen nehmen würden.

Da traf Tobi eine Entscheidung. Ohne jegliches Zögern schnappte er sich Sues Arm, zog das verdutzte Mädchen zu sich heran, umschlang es fest mit seinen Armen und küsste es.

App, die das sah, blieb beinahe das Herz stehen. »Oh mein Gott!«, entfuhr es ihr. Aber die Tarnung, obwohl so offensichtlich, schien zu funktionieren. Die *DEC*-Leute ignorierten das sich küssende Paar, denn sie suchten ja Kinder, und liefen einfach an den beiden vorbei.

Sue löste sich ruckartig von Tobi, der rot im Gesicht wurde.

»Sorry«, sagt er, konnte sich aber ein leichtes Lächeln nicht verkneifen. Sue wollte ihm einen bösen Blick zuwerfen, scheiterte aber. Sie hatte den kurzen Moment sogar ein wenig genossen. Ihre Wangen glühten und so ein merkwürdiges Gefühl im Bauch, dass sie in den letzten Tagen schon einmal gespürt hatte, war zurückgekehrt.

Da meldete sich räuspernd die gelangweilt klingende Stimme Alfreds und holte sie wieder zurück in die Realität: »Miss Sue, darf ich Sie darauf aufmerksam machen, dass ihr Blutdruck unverhältnismäßig gestiegen ist?«

»Du misst meinen Blutdruck?«, fragte Sue erstaunt.

»Das ist korrekt.«

»Alfred, verschwinde aus dem Funk«, knurrte Sue.

»Wie Sie wünschen.«

Plötzlich hörten sie App schreien. Ruckartig drehten sich Sue und Tobi um und sahen, wie vor ihnen eine dunkle Limousine hielt. Aus dem Wagen stieg Jonas Drill, der seinen Anzug zurechtrückte und seinen Männern Befehle zurief.

Er hatte die Kinder natürlich sofort erkannt und rief: »Da sind sie!« Schon kamen seine Leute angerannt und wollten sich auf Sue und Tobi stürzen.

App aber steuerte ihre Drohne ohne zu Zögern direkt zwischen ihre beiden Freunde und die Wachleute. Die blieben abrupt stehen, als sie das tief fliegende, summende, rot blinkende Fluggerät sahen und warteten instinktiv auf weitere Anweisungen. Die kamen umgehend. Drill brüllte: »Worauf wartet ihr? Das ist nur 'ne Spielzeugdrohne!«

Zögerlich, ihrem Chef nicht unbedingt Glauben schenkend, bewegten sich die Sicherheitsleute vorwärts. App, die das Ganze mit etwas Abstand beobachtete, murmelte etwas von Spielzeugdrohne, tippte auf ihrer Tastatur herum und drückte dann einen großen gelben Knopf. Augenblicklich schossen mehrere weiß-blaue Blitze sagenhaft schnell aus der Drohne und trafen die Sicherheitsleute. Die sackten sofort zusammen und bleiben liegen. Sowohl Drill als auch Tobi und Sue starrten mit offenen Mündern auf dieses verrückte Schauspiel. Einige Touristen schrien oder schüttelten ihre Köpfe.

»Rennt!«, rief App ihren Freunden zu. Aber das musste sie den beiden natürlich nicht zweimal sagen. Sue und Tobi waren schon über den halben Platz gelaufen. Auch App schnappte sich jetzt ihren Rucksack, setzte ihre Kapuze auf, verabschiedete sich mit einem wehmütigen Blick von ihrem Lastenrad und folgte Sue und Tobi zu Fuß in die verwinkelten Gassen.

Zurück blieben die ohnmächtigen Sicherheitsleute, fassungslose und mit ihren Handys gedankenlos filmende Touristen und ein innerlich kochender Drill. Kopfschüttelnd betrachtete er seine am Boden liegenden Leute, die sich nur langsam aufrappelten.

Eine dunkle Gestalt mit Kapuze, die sich die ganze Zeit im Hintergrund aufgehalten hatte, trat neben Jonas Drill und sagte: »Super Aktion, Jonas. Jetzt werden sie uns ganz sicher vertrauen.«

Drill zuckte mit keiner Wimper, sondern erwiderte nur kühl: »Was tust du hier?«

»Das ist meine Tochter, Jonas. Verdammt.« Es war Maria Hartmann. Sie trug einige Blessuren an der Stirn und hatte einen bandagierten Arm.

»Du hättest mich einfach früher einweihen sollen«, sagte Drill, drehte sich von Sues Mutter weg, winkte seinem Fahrer und zeigte auf die noch immer erstaunt gaffenden Touristen. »Kümmern Sie sich bitte darum. Denken Sie sich irgendeine Geschichte aus. Heute ist Halloween. Vielleicht fällt ihnen dazu etwas ein …«

Dann ging er. Der geschlagene Chef. Maria Hartmann zog ihre Kapuze wieder ins Gesicht und folgte ihm, nicht ohne noch einmal zu der Gasse zu schauen, wo ihre Tochter soeben mit ihren Freunden verschwunden war.

Ein Engel

Die drei Flüchtenden hatten sich in der Gasse hinter einem silbergrauen Container der städtischen Müllabfuhr in Sicherheit gebracht. Die schwarzen *DEC*-Kleinbusse rasten an ihnen vorbei. Sue, Tobi und App blieben unentdeckt.

Als die Busse weg waren, schauten sie sich, noch ziemlich außer Atem und völlig überrumpelt von den Ereignissen auf dem Marktplatz, an und schüttelten ungläubig ihre Köpfe.

»Was war denn das?«, fragte Tobi App.

»Da staunste, was meine Drohne alles kann, oder?«

App grinste, holte ihren Kleincomputer aus der Jackentasche

und ließ das fliegende Ungetüm sicher und geschickt neben sich landen.

»Ist nur ’n Betäubungsmittel. Keine Sorge«, beruhigte sie ihre Freunde.

Eines aber hatte die Aktion ihnen völlig klargemacht, nämlich dass Drill seine Jagd auf Sue sehr ernst nahm. Er würde erst aufgeben, wenn er sie hätte.

Alfred meldete sich aufgeregt zu Wort: »Miss Sue, es ist mir gelungen, den Anruf Ihrer Frau Mutter von heute Morgen zurückzuverfolgen. Ich habe die Koordinaten soeben an Apps Taschencomputer gesendet.«

Es piepte erneut und App sah auf ihr Display. Die Karte von Markholm und Umgebung war zu sehen. Ein roter Punkt blinkte unaufhörlich.

»Dies ist die letzte bekannte Position Ihrer Frau Mutter«, brummte Alfred.

Sues Herz begann zu hämmern. »Vielleicht ist sie ja immer noch da und hat es nicht rechtzeitig zum Treffpunkt geschafft«, sagte sie aufgeregt.

App zoomte mit zwei Fingern in die Karte. Wenn die Koordinaten stimmten, dann war Maria auf einem verlassenen Industriegelände vor den Toren der Stadt, unweit der alten Docks.

»Das ist mitten im Nirgendwo …«, meinte Sue und konnte ihre Enttäuschung nicht verbergen.

»Und sehr wahrscheinlich wieder ’ne Falle«, mischte Tobi sich ein.

Weil Sue ihm einen bösen Blick zuwarf, fügte er schnell noch hinzu: »Schon vergessen, was gerade passiert ist? Deine Mutter hat uns in einen Hinterhalt gelockt!«

»Meine Mutter? Hast du 'ne Macke?« Sues Stimme wurde bedrohlich laut. App konnte sie gerade noch davon abhalten, aufzuspringen und sich auf Tobi zu stürzen. Genau in dem Moment klingelte sein Handy. Er schaute darauf und sah: Es war eine Videobotschaft von Eileen. Sie und ihre Mädels standen schon in Halloween-Verkleidungen vor dem alten Stadtbad. Eileen lächelte zuckersüß in die Kamera und säuselte: »Hi Tobi. Na? Komm doch zur Halloween-Party heute Abend. Würde mich echt freuen.« Dann grinsten Eileen und ihre Barbie-Tussen hinter ihr völlig grenzdebil in die Kamera. »Tschüss!«, sagte Eileen und schickte noch einen Kussmund hinterher.

Sue hasste diese Weiber und konnte ihren Groll kaum verhehlen. Warum musste sich diese Tussi immer in den unpassendsten Momenten einmischen? Woher hatte sie überhaupt Tobis Nummer? Wütend riss sie dem Jungen sein Handy aus der Hand, startete die Kamera und nahm eine Antwort auf: »Er kann heute nicht. Er hat schon was Besseres vor«, sagte sie, streckte ihren bösen Mittelfinger in die Höhe, grinste, machte ihrerseits einen Kussmund und drückte auf Senden.

Tobi und App starrten Sue mit weit aufgerissenen Augen an. Aber die zuckte nur mit den Schultern, stand auf, öffnete den Deckel des Müllcontainers und warf erst Tobis und dann ihr Handy hinein.

»Damit sie uns nicht orten können«, sagte sie, als Tobi gerade protestieren wollte.

»Das war nagelneu«, wimmerte er und überlegte, wie er sein Telefon aus dem Mist wieder rausfischen sollte.

»Heul nicht rum«, erklärte App wenig mitfühlend. »Wenn du Glück hast, ist es morgen noch da.« Sie zeigte mit dem Finger die

Gasse runter, wo schon wieder ein schwarzer *DEC*-Bus anhielt und mehrere Männer ausspuckte.

»Scheiße ...« Sue sprang auf, doch App konnte sie im letzten Moment hinter den Müllcontainer ziehen. Sie saßen in der Falle. Mal wieder.

»Kannst du uns unsichtbar machen?«, fragte Tobi. Aber Sue schüttelte nur den Kopf. »Die haben alle Wärmebildkameras dabei und würden uns sofort entdecken.« Tobi blickte sich um. Er sah, dass ein Moped in die Gasse einfuhr und nicht weit hinter dem Container hielt.

»Ich hab 'ne Idee«, sagte er. Der Fahrer des Mopeds stieg ab, holte drei Pizzakartons aus einer Box und verschwand im Haus nebenan.

»Kommt ... Schnell.« Tobi rannte los. App und Sue, die keine Ahnung hatten, was der Junge nun wieder vorhatte, folgten ihm. Am Moped angekommen schnappte sich Tobi den Helm des Fahrers, setzte ihn auf und startete die Maschine.

»Bist du bekloppt?«, schrie App.

»Hast du 'ne bessere Idee?«, fragte Tobi und stieg auf.

Sue blickte die Gasse runter. Noch mehr Männer von Drill waren aufgetaucht, und auch in der anderen Richtung blockierten jetzt mehrere *DEC*-Busse den Weg. Funkgeräte piepten, die Stimmen wurden lauter, auch Drills Stimme war zu hören.

Das Moped tuckerte leise. Tobi wartete. Sue seufzte und sprang auf. App tat es ihr gleich. Tobi schob das überladende Zweirad vom Ständer, ließ den Motor aufheulen und fuhr los.

Der Pizzabote kam aus dem Hauseingang zurück und blieb irritiert stehen, als er sein Moped davonfahren sah. Er brüllte noch: »Hey ... Das ist meins.« Doch zu spät. App drehte sich noch einmal kurz um und zuckte entschuldigend mit den Schultern. Weg waren sie.

Laut quietschend hielt kurz darauf ein altes röhrendes Auto vor dem wütenden Pizzaboten, ein amerikanischer Straßenkreuzer. Die Scheibe auf der Beifahrerseite senkte sich und eine blond gelockte Frau mit großer Sonnenbrille fragte: »Wo sind sie hin?« Es war Lenia, die Assistentin von Sues Mutter.

Der Pizzabote starrte die Frau im Auto verständnislos an. »Was?«, fragte er. Mehr brachte er nicht heraus.

»Die Kinder ... Wo sind sie hin?« Lenia war ungeduldig und trommelte mit ihren Fingern auf dem Lenkrad herum. Erst jetzt wurde dem Pizzaboten klar, was an dieser Situation, die ihm eh schon völlig irre schien, noch absurder war. Mit seinem Moped fuhren offenbar nicht irgendwelche Diebe, sondern drei kleine Kinder davon.

»Können Sie mich verstehen?« Lenia schrie den Pizzaboten geradezu an. Der schüttelte aber nur den Kopf und beschloss wohl in dem Moment, künftig die Hände von Alkohol und anderen Drogen zu lassen. Müde hob er seinen Arm und zeigte in die Richtung, in die sein Moped mit allen restlichen Pizzen verschwunden war.

»Danke ...«, sagte Lenia und zwinkerte dem verdutzten Pizzaboten zu.

Sofort röhrte der Motor ihres breiten, beinahe die ganze Gasse einnehmenden Wagens wieder auf. Lenia folgte dem Moped und damit den Kindern, die sie suchte. Zurück blieb der verwunderte Pizzabote, der nun zu Fuß nach Hause laufen musste.

Fliegende Pizza

Das Moped kam nicht richtig in Fahrt. Wie auch, der kleine Motor war viel zu schwach. Er gab zwar sein bestes, aber die drei Superhelden waren für das Gefährt einfach viel zu schwer. Trotzdem reichte es, denn die *DEC*-Leute am Ende der Gasse suchten mit ihren Wärmebildkameras nach drei Unsichtbaren und hatten nicht mit Kindern auf einem Pizzamoped gerechnet. Sie bemerkten ihren fatalen Fehler erst, als das tuckernde Fahrzeug vorbeirauschte und Sue mal wieder frech ihren Mittelfinger in die Höhe hielt.

Dann versuchte sie etwas völlig Verrücktes. Sie drückte den roten Knopf auf ihrer neuen Fernbedienung am Handgelenk, spürte den heißen Impuls, der ihren Körper durchschoss, berührte Tobi, das Moped und schließlich App. Zunächst geschah nichts, doch dann stieg ein Kribbeln in ihr auf, die Luft begann zu flirren, und wie von Zauberhand verschwand das Moped, wurde unsichtbar, und mit ihm auch Sue, Tobi und App. Nur der quäkende Zweitakt-Sound war noch zu hören.

Ein Passant, der das alles sah, traute seinen Augen nicht, als das Gefährt plötzlich durchsichtig wurde und dann direkt vor ihm verschwand.

Tobi, Sue und App fuhren jetzt wie im Rausch. Mit wilden Schlenkern ging es durch die Stadt, sie wichen *DEC*-Bussen aus, lachten über die Hubschrauber, die sie noch immer suchten und erschreckten ahnungslose Fußgänger. Weiter ging's, immer weiter. Irgendwann fuhr Tobi in die Straße vom alten Stadtbad, wo die Vorbereitungen für die große Halloween-Party stattfanden.

»Da drüben ...«, brüllte App im Fahrtwind, schlug Sue auf die

Schulter und zeigte auf eine Gruppe bunt kostümierter Mädchen, die gackernd und mit Colabechern in der Hand auf dem Gehweg standen. Eileen und ihre Clique waren mal wieder in ihrem Element.

»Kannst du ganz nah an denen vorbeifahren?«, brüllte Sue Tobi zu. Der nickte, er hatte aufgegeben, Sues Aktionen zu hinterfragen, und gab extra viel Gas.

Als Eileen den Motor des herannahenden Mopeds hörte, ihren Kopf zur Seite drehte und ziemlich dämlich auf die für sie leere Straße starrte, war es bereits zu spät. Normal gehörte Eileen ja schon nicht unbedingt zu den Schnelldenkern, jetzt aber ratterten ihre Hirnzellen auf Volldampf. Allerdings ergebnislos. Schlimmer noch, als das unsichtbare Moped auf ihrer Höhe war, schoss plötzlich Cola aus Eileens Becher in die Höhe und direkt in ihr Gesicht. Schon wieder war sie komplett nass von einer klebrigen, nur schwer aus den Haaren zu kriegenden Flüssigkeit.

Eileens hysterisches Kreischen ging in ein lautstarkes Schreien und Jammern über. Das merkwürdige Geräusch des Mopeds, das sie nicht sehen konnte, verschwand schon wieder in der Ferne. Die drei Freunde darauf lachten überschwänglich und Eileen rannte mal wieder weg.

Je weiter sie aus der Innenstadt herausfuhren, umso sicherer fühlten sie sich. Und Sue sorgte dafür, dass das Moped wieder sichtbar wurde. Zum Glück hatte sie genügend Cola in ihrem Rucksack.

Sie waren den Schergen Drills entkommen, hatten Eileen eins ausgewischt und bewegten sich jetzt zielsicher auf die Koordinaten zu, die Alfred ihnen geschickt hatte. Vielleicht wurde doch noch alles gut.

Doch schon hinter der nächsten Kreuzung gab es eine weitere Überraschung. Quer über die Straße standen mehrere Baufahrzeuge und blockierten den Weg. Dahinter aufgereiht: mehrere *DEC*-Wachleute. Mist. Was sollten sie tun? Anhalten?

Tobi drosselte die Geschwindigkeit, überlegte, ob er wenden sollte, doch da tauchten auch hinter ihnen zwei Busse auf. Einer hupte, gab Lichtsignale und kam ihnen verdammt nah.

»Was machen wir jetzt?«, rief App.

Tobi dachte angestrengt nach, sah noch einmal nach vorne, wo er Drill erkennen konnte, der direkt in erster Reihe neben seinen Sicherheitsleuten stand.

»Habt ihr E.T. gesehen?«, rief Tobi den Mädchen zu.

»Was meint er damit?«, wollte App wissen.

Aber noch ehe Sue etwas antworten konnte, brüllte Tobi schon wieder: »Sue, mach uns unsichtbar. Und App, gib mir mal dieses grüne Flux-Dings.«

App gehorchte und reichte Tobi den Aufsatz mit der flackernden Lampe, während Sue erneut den roten Knopf ihrer Fernbedienung drückte.

Drill schaute nervös auf das sich nähernde Moped. Er rief seinen Männer zu: »Sie dürfen nicht verletzt werden.« Sein Sicherheitschef neben ihm trommelte nervös mit den Fingern auf der rot-weißen Absperrbarke und wunderte sich. »Warum werden die nicht langsamer?« Und dann plötzlich sagte er: »Vielleicht können die durch uns durch fahren?«

Drill rollte mit den Augen und nahm sich vor, den Mann demnächst wegen wirrer Gedanken auf einen anderen Posten zu versetzen.

Tobi klickte derweil den Flux-Kompensator mit einem Magneten an den Lenker. Sofort veränderte sich der Lichtstrahl und er spürte, wie das Monstergerät von App die Kontrolle über das Moped übernahm und es stärker und stärker beschleunigte.

»Festhalten«, schrie er. »Das wird jetzt ein wenig ... äh ... luftig.«

App stand Panik in den Augen, denn das Moped wurde mitsamt seiner Besatzung wieder unsichtbar.

Auch Drill und seine Männer hielten die Luft an, als das Gefährt plötzlich so kurz vor ihnen verschwand. Hektisch rannte Drill zu seinem Wagen und griff sich eine Wärmebildkamera.

Das Moped war zum superschnellen Gefährt geworden, hatte durch die Hilfe des Flux-Kompensators eine gigantische Geschwindigkeit erreicht. Es waren nur noch wenige Meter bis zur Straßensperre. Sue beugte sich zu Tobi vor. Sie rief: »Ich hoffe, du weißt, was du tust!«

Tobi nickte und schloss sich dabei innerlich dieser Hoffnung an. Mit voller Wucht zog er die Bremse. Das Vorderrad blockierte und kam zum Stehen, während das Hinterrad sich mit aller Kraft vom Boden abhob. Alle kreischten. Sie spürten plötzlich Flugwind und schossen haarscharf an Drills Kopf vorbei in die Luft.

Der *DEC*-Chef traute seinen Augen nicht, als er den Flug des Mopeds mithilfe seiner Wärmebildkamera verfolgte. Direkt über ihm, in vielleicht zehn Metern Höhe, wurde das eigentlich fluguntaugliche Gefährt wieder sichtbar. Mit den Köpfen nach unten und immer noch kreischend flogen die drei Kinder über die Straßenbarriere, während sich der Deckel des Pizzakastens durch die Schwerkraft öffnete und alle Margarita- und Salamipizzen, Pommes, Salat und Cola wie ein Schauer auf die verdutzten *DEC*-Männer niedergingen.

Während sich das Moped mit seiner vor Freude kreischenden Besatzung hinter den Männern auf der anderen Seite der Barriere wieder auf die Straße senkte, musste Drill hilflos mit ansehen, wie seine Truppe erneut von den flüchtenden Kindern zum Narren gehalten wurde. Mit einem Stück lauwarmer Pizza auf dem Kopf hob er wild fluchend die Faust.

Tobi aber steuerte das Moped mit Sue und App jetzt wieder sicher auf der Straße. Und es war gut sichtbar für jeden, der genau hinschauen wollte.

Bruch

Es dämmerte bereits. Die Sonne war schon vor einer Stunde hinter den westlichen Ausläufern des Hochlands untergegangen. Dunkel, kalt und wie immer auch ein wenig feucht lag das Skelett des alten Stahlwerks mit seinen teilweise eingestürzten Hallen und den wie rostige Stachel aus dem Boden herausragenden Stahlstangen im Schatten. Das Wasser im Fjord schoss ungewöhnlich schnell am Ufer vorbei und ein kräftiger Wind hob immer wieder losen Sand von der Erde und verteilte ihn gleichmäßig, wie feinen Nebel, über dem gesamten Gelände.

Knatternd lenkte Tobi das Moped in die riesige, ehemalige Produktionshalle und hielt zwischen Haufen von Schlacke und herumliegenden Eisenträgern an.

App sprang zuerst ab. Sie war so begeistert von der Flucht, dass sie Tobi sofort um den Hals fiel und sagte: »Tobi, das war so mega ...«

Der überraschte Junge grinste nur verlegen und blickte Hilfe suchend zu Sue. Die war ebenfalls abgestiegen, nahm aber von der Umarmung kaum Notiz. Dafür untersuchte sie die Umgebung.

»Alfred«, fragte Sue, »ist das jetzt hier die letzte bekannte Position meiner Mutter?«

»Das ist korrekt, Miss Sue«, bestätigte Alfred.

Sue sah sich weiter um, drehte sich um ihre eigene Achse und fragte sich: Was hatte ihre Mutter hier gewollt? Wohin war sie geflüchtet? Und warum hatte sie am Telefon so geschrien?

»Alfred, kannst du meine Mutter irgendwo orten?«, fragte sie.

»Das übersteigt leider meine Fähigkeit«, war die kleinlaute Antwort.

»Ein Wunder, er kann mal was nicht«, sagte Tobi, der keinen Hehl daraus machte, dass er Alfred und vor allem dessen arrogante Art nicht leiden konnte.

»Ich ignoriere diese Ungeheuerlichkeit und schalte mich ab«, erwiderte Alfred beleidigt. Es piepte noch einmal kurz, dann war Ruhe.

»Sue«, wandte sich Tobi jetzt an das Mädchen, »wenn deine Mutter fliehen konnte, wo ist sie dann? Warum meldet sie sich nicht?«

»Vielleicht weil ich unsere Handys in die Mülltonne geworfen habe?«

Tobi trat näher und senkte seine Stimme. »Sue, das ist 'ne Falle. Genau wie auf dem Marktplatz. Erst locken sie uns hierher und dann ZACK. Und deine Mutter ...« Er stockte.

Sue sah ihn angriffslustig an. »Was?«

»Die steckt da irgendwie mit drin. Genauso wie diese holographische Maschine.« Jetzt war es raus. Tobi hatte ausgesprochen, was ihm schon die ganze Zeit auf der Seele lag.

»Hast du 'ne Vollmeise?« Sue war richtig aufgebracht. Aber Tobi hatte nichts anderes erwartet. Er wollte es erklären, doch Sue ließ das nicht zu. Sagte stattdessen: »Glaubst du wirklich, dass meine Mutter und Drill das alles geplant haben?«

Tobi zuckte mit den Schultern. »Keine Ahnung. Wir sollten auf jeden Fall verschwinden.«

»Wenn du so Angst hast, dann geh doch zu M... M... M... Mami.« Sue äffte Tobis Stottern nach. Das war nicht richtig, das wusste sie selbst, aber sie war so wütend auf den Kerl, dass ihr das im Moment egal war. Sie hatte ihm vertraut, hatte ihm alles erzählt und er ... Sie hätte heulen können, doch stattdessen sagte sie: »Verp... p... p... piss dich. Oder noch besser. Geh zu dieser beschissenen Halloween-Party. Mit deiner süßen Ei... ei... leen.«

Jetzt standen Tobi die Tränen in den Augen. Sues Worte hatten ihn schwer getroffen. Doch er sagte nichts, nickte nur, drehte sich weg und ging zum Moped zurück. Wortlos griff er den Helm, setzte ihn auf und sah noch einmal kurz zu Sue.

»Was?«, platzte es aus der heraus. »Willst du jetzt, dass ich mich entschuldige?«

Tobi schüttelte nur den Kopf, stieg auf das Moped, ließ den Motor an und gab Gas.

App, die gerade noch den Flux-Kompensator abgebaut hatte und dabei sprachlos mit ansehen musste, wie ihre Gang, die eben einen immens wichtigen Sieg eingefahren hatte, innerhalb weniger Sekunden zerbrach, trat neben Sue und sagte trocken: »Und da sagen immer alle, ICH könnte nicht mit Menschen umgehen.« Das half jetzt aber niemandem mehr, denn Tobi war mit dem Moped bereits in einer Staubwolke verschwunden. Zurück blieben die Mädchen im Halbdunkel.

Sue, die selbst nicht mit einem solchen Ausgang gerechnet hatte, wusste nicht genau, was sie denken sollte. Die beiden Mädchen blieben eine Weile wortlos nebeneinanderstehen. Dann plötzlich erfüllte ein Summen das Gelände und wandelte sich in ein tiefes Grollen, wurde lauter und lauter. Für einen kurzen Moment hoffte Sue, es wäre Tobi, der umgedreht war und zurückkam.

Aber stattdessen meldete sich Alfred und in seiner Stimme schwang Furcht »Miss Sue. Meine Sensoren orten drei nicht identifizierbare Fluggeräte. Und sie kommen in hohem Tempo auf uns zu.«

»Kannst du das nicht früher sagen?«, fauchte Sue.

»Pardon. Sie waren so damit beschäftigt, ihren Freund anzuschreien, dass ich nicht wirklich eine Chance hatte, mich da einzumischen.«

»Sue!« App zeigte ins Dunkel. Drei rote Punkte kamen auf sie zu. »Die sehen nicht aus wie Friedenstauben. Mach uns unsichtbar.«

Jetzt konnte Sue es ebenfalls erkennen. Es waren Drohnen und sie waren viel größer und schneller als Apps Drohne. Sue drückte auf den roten Knopf ihrer Fernbedienung und wartete auf den heißen Impuls. Aber nichts geschah.

»Probier es noch mal!«, sagte App. In ihrer Stimme schwang ein Anflug von Panik mit. Sue drückte wie wild auf ihrer Fernbedienung herum, aber nichts passierte. Auch App probierte es jetzt. Die Drohnen waren schon ganz nah. Doch auch sie konnte das Ding nicht aktivieren. »Ich glaube, die hat bei der Flucht auf dem Moped was abbekommen«, sagte sie kraftlos.

»Eindringlinge in Sektor 4 geortet.« Die Stimme kam aus der Drohne und hinterließ ein mächtiges Echo in der riesigen Halle.

Sue blickte sich um, sah in der Nähe ein altes Treppenhaus, zog App mit sich und rief: »Renn!!!«

Und so rannten sie. Rannten um ihr Leben, während die Drohnen immer näher kamen.

Papas Rückkehr

Es war Nacht. Auf der anderen Seite des Fjords waren bereits alle Straßenlaternen angegangen. Die Gegend schien um diese Zeit wie ausgestorben. Ein kühler Wind pfiff durch die Bäume, frische Luft vom Fjord wehte die Berge hinauf. Der blaue VW-Bus von Sues Vater tuckerte hinauf zum Haus der Hartmanns.

Christoph, der auf dem Rückweg vergeblich versucht hatte, seine Frau oder seine Tochter zu erreichen, stoppte den Bus quer auf der Straße. Beim Laufen zum Haus angelte er nach seinem Schlüssel. Zitternd öffnete er die Haustür und blieb entsetzt stehen.

Was war denn hier passiert? Der Flur sah chaotisch aus, alles lag durcheinander. Jacken, Schuhe und Klamotten waren auf dem Boden verteilt. »Maria? Sue?«, rief er und wiederholte die Namen mehrmals. Das Licht ging nicht, jedenfalls funktionierte keiner der Lichtschalter. Er lief durchs ganze Haus, durchwühlte Schränke und offene Schubladen. Dann erreichte er Sues Zimmer. Das mussten Einbrecher gewesen sein, dachte er. Hoffentlich war seiner Frau und seiner Tochter nichts passiert.

»Sue?«, rief er.

Glas klirrte. Schritte waren zu hören. Christoph fuhr herum. Das Geräusch kam aus dem Keller. Waren die Einbrecher noch da?

Hatten Sue und Maria sich versteckt? Er rannte zurück zur Treppe und blieb schockiert stehen. Eine dunkle Gestalt stand in der Tür.

»Wer sind Sie? Was machen Sie in meinem Haus?«

Der dunkle Schatten bewegte sich auf ihn zu. Unter seinen Stiefeln knirschten Glassplitter. Christoph drückte sich an die Wand. Er saß in der Falle.

Hochexplosiv

Über dem alten Stahlwerk unten bei den Docks war der Wind in der Zwischenzeit kräftiger geworden. Heulend schoss er durch die Hallen und den alten Schornsteinen hindurch. Selbst der Mond hatte es in dieser Halloween-Nacht schwer, zwischen den Wolken am Himmel durchzuscheinen. Kurz nur blitzte seine fast runde, gelb-blaue Scheibe am Himmel auf und ließ die alten Schiffswracks am Ufer des Fjords wie gefräßige Monster aussehen. Eine bessere Halloween-Deko hätte man sich kaum vorstellen können.

Sue und App aber gefiel das gar nicht. Sie kauerten, die Hände schützend vor dem Gesicht, in dem alten Treppenhaus und bemühten sich, keinen umherfliegenden Sand einzuatmen. Immer wieder lauschten sie in die Nacht, lugten um die Ecke und versuchten ein Blick auf das weitläufige Gelände zu erhaschen.

»Haben wir sie abgehängt?« App fror, obwohl sie ihren Parka anhatte. Sie zog die Kapuze noch fester über ihren Kopf.

Sue wagte es, aus dem Versteck herauszuklettern. Vorsichtig bewegte sie sich vorwärts und spähte über den Betonrand. Das Gelände schien verlassen. Kein Licht, keine Stimmen, keine Drohnen.

»Wir können es probieren«, flüsterte sie und half App aus dem Versteck. Eine dicke Staubschicht hatte sich über die Mädchen gelegt und ihre Klamotten und Haare mit einem grauen Schleier bedeckt. App hustete und versuchte, den Staub aus ihrem Gesicht zu wischen. Aber der Sand war einfach überall. In der Nase, in den Augen, zwischen den Zähnen.

Sue führte App an der Hand die Treppe hinunter, sie setzten einen Schritt vor den anderen. Als sie endlich unten ankamen, hatte der Wind gefühlt noch einmal an Intensität zugenommen. Lose Eisentüren klapperten, das Metallgerüst der alten Hochöfen jaulte und der Sand lag jetzt so fein in der Luft, dass man ihn von Weitem für Nebel hätte halten können.

»Miss Sue, ich …«, räusperte sich Alfred.

Genau in diesem Moment gingen mehrere große Scheinwerfer auf der anderen Seite des Geländes an. Hunde fingen an zu bellen, Männer schrien durcheinander. Die Lichter heranrasender Fahrzeuge waren zu sehen. Alles ging sehr schnell, sodass Sue und App sofort wieder Deckung suchten. Aber wo? Wo konnten sie sich verstecken?

»Gib mir mal deinen Rucksack!«, flüsterte Sue und presste sich mit dem Rücken an eine Mauer. Panisch durchwühlte sie ihn und fand, was sie suchte.

»Miss Sue«, Alfred sprach ungewöhnlich alarmiert, »ich ahne, was Sie vorhaben und rate Ihnen dringend davon ab.«

Doch Sue ignorierte Alfred und nahm die blau leuchtende Ampulle mit dem Rest *NT26D*, die sie aus dem Labor mitgenommen hatten, heraus. Dann sagte sie zu App: »Ich lenk sie ab. Wenn ich bis drei gezählt habe, rennst du los. In die Halle. Dreh dich nicht um. Warte nicht auf mich. Wir treffen uns auf der anderen Seite. Wenn ich nicht komme, hol Hilfe. Okay?«

App wollte etwas sagen, wollte Sue von ihrem Plan abhalten, aber ehe sie irgendwas rauskriegte, hatte Sue bereits angefangen, zu zählen. »Eins …«

»Miss Sue. Das *NT26D* ist hochexplosiv.« Alfred wurde ungewöhnlich laut.

»Zwei …« Sue ignorierte Alfred. App sprang auf. Die Hunde bellten lauter. Kamen näher.

»Drei.«

App rannte los. Sue sprang auf, stellte sich genau in den Lichtkegel eines Scheinwerfers und hob die Hand mit der Ampulle.

»Ist es das, was ihr wollt? Dann viel Spaß damit!«, schrie sie über das Gelände und warf die Ampulle in hohem Bogen weit weg. Genau zwischen ihnen und den Verfolgern ging sie nieder.

Die Explosion war markerschütternd. Der Boden vibrierte, eine riesige Feuersäule schoss in die Höhe und illuminierte das alte Stahlwerk. Die Hunde verstummten sofort, die heranstürmenden Männer gingen in Deckung. Sue blieb stehen, starrte in die grelle Stichflamme und spürte eine wohlige Wärme.

Die Druckwelle war so stark, dass sie Sue die Beine wegriss. Alles begann sich zu drehen, die Luft flirrte. Dann wurde Sue schwarz vor Augen.

Träume

Als Sue wieder die Augen öffnete, blickte sie direkt in das Gesicht von Supermoon. Supermoon wehrte gerade eine Horde Außerirdischer ab und konnte dabei noch lächeln. Sue schloss noch einmal die Augen, schüttelte den Kopf und öffnete sie wieder. Neben Supermoon auf dem Cover des Comics erkannte sie jetzt ihre Mutter.

»Mama?« Sue lag in ihrem eigenen Bett, es war Nacht und das Zimmer nur spärlich beleuchtet. Sue konnte ihren Kopf nur leicht anheben, dann verließ sie die Kraft sofort wieder und sie sackte zurück in ihr Kissen.

»Das ist 'ne Originalausgabe. Die ist super selten«, sagte ihre Mutter. Maria, die noch ihren Mantel anhatte, schlug das Supermoon-Comic zu und lächelte Sue an. »Wie bin ich hierher gekommen?«, fragte Sue. »Was ist passiert?« Sie versuchte sich zu erinnern, aber ihr Kopf brummte. Sie hatte das Gefühl, schlecht zu hören. Maria beugte sich vor und streichelte ihr sanft durchs Haar.

»Du hattest einen Zusammenbruch. In der Schule. Der Arzt konnte aber nichts feststellen, deshalb haben wir dich mit nach Hause genommen.«

Sue kniff die Augen zusammen. In der Schule? Einen Zusammenbruch? Sie wollte sich an irgendwas erinnern, aber in ihrem Kopf waren nur eine große Leere und das Bild einer hellroten Flamme. Sie spürte einen Stich im linken Oberarm, tastete danach und fühlte, dass da ein Pflaster war.

»Der Arzt hat dir eine Spritze gegeben. Gegen die Schmerzen. Nichts Schlimmes«, sagte ihre Mutter.

Sue wurde bewusst, dass es ziemlich kalt in ihrem Zimmer war. Wahrscheinlich hatte ihre Mutter auch deshalb die Jacke an. »Das ganze Haus ist kalt. Irgendwas stimmt mit der Heizung nicht«, sagte sie. »Ich hab schon angerufen. Hoffe, der Monteur wird jeden Moment kommen.«

Noch einmal versuchte Sue sich aufzurichten. Wieder schossen Erinnerungsfetzen durch ihren Kopf. Laute Geräusche. Ein Schloss. Alfred. Eine Explosion. Sie sah ihre Mutter an. »Aber ... Deine Entführung? Drill? Der Anruf ... Ich versteh das alles nicht. Wieso lieg ich hier im Bett?«

Maria schmunzelte. »Ich fürchte, du hattest einen Alptraum.«

»Es war kein Traum«, protestierte Sue. »Mama, ich kann mich ...« Sie stockte. Oder hatte sie das alles wirklich nur geträumt? Ihr Herz schlug schneller. Wo war App? »Wir müssen zu App. Sofort!«, schrie sie.

Maria runzelte die Stirn und sah Sue ernst an. Ihre Stimme wirkte ungewöhnlich kühl: »Wieso? Wo ist Kaya denn?«

»Na in der ...« Sue stockte. »Woher kennst du App?«, fragte sie.

»Na hör mal. Ich kenn doch deine Freundinnen.«

Sue nickte. Klar. Dann erklärte sie: »App ist in die Halle gerannt. Nach der Explosion. Als die Scheinwerfer ...«

Maria unterbrach Sue: »Du merkst selbst, wie absurd das alles klingt, oder? Ich bin mir sicher, es geht ihr gut. Wir rufen sie gleich morgen Früh an. Abgemacht?«

Dann stand sie auf und ging zur Tür, drehte sich noch einmal um und sagte: »Ach, und bevor ich's vergesse: Vorhin hat ein Junge für dich angerufen.«

Ein Junge? Sues Herz schlug schneller. Sie richtete sich weiter auf und fragte: »Tobi?«

Maria nickte. »Ja. Tobi.«

»Wegen der Halloween-Party?« Sue versuchte, sich ihre Nervosität nicht anmerken zu lassen.

»Welche Halloween-Party?«, fragte Maria.

»Die im alten Stadtbad. Er wollte sich da mit Eileen treffen.«

»Mit Eileen?« Für einige Momente schien es so, als wäre Maria in Gedanken versunken. Dann zuckte sie zusammen, setzte ein kühles Lächeln auf und sagte: »Ich bin mir sicher, er ruft später noch mal an. Hab dich lieb.«

Dann verließ sie das Zimmer und Sue fiel vollkommen entkräftet zurück in ihr Kissen. Irgendwie beschlich sie das Gefühl, dass hier etwas nicht stimmte. Was hatte sie verpasst, was übersehen? War das wirklich alles nur ein Traum gewesen? Eine Phantasie? Diese Unsichtbarkeit ... Menschen konnten sich nicht unsichtbar machen. Zumindest nicht im wahren Leben.

Sue schaute ihren geliebten Supermoon-Aufsteller an. Dann fiel ihr Blick auf den Comic. Sie nahm das Heft. Es war aus der Reihe »Die unglaubliche Supermoon«, und da stand Nummer 2 auf dem Cover. Diese sehr seltene, bei Sammlern beliebte Ausgabe aber besaß Sue eigentlich gar nicht. Wo war das Heft her? Hatte ihre Mutter es mitgebracht? Soweit sie sich erinnern konnte, besaß nur Tobi ein Exemplar. Sie ging zur Tür und wollte die Klinke herunterdrücken, doch sie griff ins Leere. Die Klinke war weg. Sue sah sich verdutzt im Zimmer um, und klopfte dann vorsichtig gegen die Tür.

»Mama? Was ist mit der Tür los?«, rief sie.

Nichts. Keine Antwort. Sue klopfte erneut gegen die Tür, rief noch einmal nach ihrer Mutter. Aber wieder keine Reaktion. Warum sollte ihre Mutter sie einsperren? Sue verstand nichts mehr. Sie rannte zum Schreibtisch, schob alle Comics und selbstgemalten Bilder zur Seite, kletterte über den Tisch auf's Fensterbrett und wollte durch das Fenster nach draußen. Aber das war nicht möglich. Der Griff des Fensters war mit einem Metallbügel festgeschraubt und ließ sich nicht mehr drehen.

»Mama!«, schrie Sue jetzt, so laut sie konnte, und schlug mit den Fäusten panisch gegen die Scheibe. Sie war in ihrem eigenen Zimmer eingesperrt. War das ihre Mutter? Steckte die mit Drill unter einer Decke? Das konnte doch alles nicht wahr sein. Das musste ein Irrtum sein. Hatte Tobi etwa doch recht?

Sue spürte einen dicken Kloß in ihrem Hals, der immer größer und größer wurde und ihr langsam die Luft nahm.

Sie rannte zurück zur Tür, schrie wild nach ihrer Mutter, donnerte mit Händen und Füßen gegen das Holz und merkte, wie Tränen über ihre Wangen liefen. Es war sinnlos. Niemand öffnete, niemand nahm sie in den Arm.

Jetzt wünschte sie wirklich, dass das hier alles nur ein Traum sei. Aber so fühlte es sich nicht an. Es war real. Sie war gefangen. Eingesperrt. Ihre eigene Mutter hatte sie in ihrem Zimmer eingesperrt. Sue rutschte kraftlos an der Tür zu Boden und weinte bitterlich.

Verwandlung

Maria hatte den Kragen ihres Mantels hochgeklappt und war ins Freie getreten. Die Luft war noch einmal merklich abgekühlt, dafür hatte der starke Wind nachgelassen. Zwei maskierte Männer standen vor dem Eingang des Hauses, und ihre Hände fingerten nervös an den an ihrem Gürtel steckenden Waffen herum. Maria nickte ihnen zu.

»Passt gut auf sie auf. Sie muss ständig gekühlt werden. Kein Kontakt nach außen. Habt ihr mich verstanden?«

Die Männer nickten. Sie hatten Marias Befehle verstanden.

Einer der beiden verschwand im Haus, der andere bezog Position vorm Eingang.

Maria war zufrieden. Alles lief nach Plan. Lächelnd zog sie ihr Handy aus der Tasche und wählte eine Nummer. Niemand meldete sich. Es piepte und sie sprach auf den Anrufbeantworter. »Ich bin's! Alles erledigt. Ich hab das Mädchen. Sie hat mir Kayas Position verraten. Irgendwo im alten Stahlwerk. Ich kümmere mich drum. Und der Junge ist auf einer Halloween-Party im Stadtbad. Meine Männer sind schon unterwegs.«

Kurz darauf kam der Rückruf. Eine verzerrte Stimme sprach: »Gut. Kümmere dich um Kaya. Wir treffen uns dann am Stadtbad. Ich hoffe, du hast dem Mädchen das Blut abgenommen. Der Boss redet von nichts anderem mehr.«

»Alles erledigt«, sagte Maria nur knapp und beendete das kurze Gespräch. Sie holte tief Luft, sog die Kühle ein und schloss die Augen. Dann verrenkte sie auf merkwürdige Art und Weise ihren Kopf, sodass sogar die Knochen laut knackten, spreizte ihre Finger gegeneinander und überdehnte sie, begann schneller zu atmen und immer schneller.

Und dann ... dann erschien ein blaues Licht, ein Leuchten, breitete sich aus, vom Bauch ausgehend über die Schultern und Beine bis zum Kopf. Maria, die eben noch mitten auf der Straße gestanden hatte, verschwand plötzlich in einer Wolke aus Nichts. Das dann folgende Geräusch klang, als würde Eis brechen. Ein durchsichtiger Körper formte sich aus der Wolke, wurde klarer und verwandelte sich in die Gestalt ... von ... Lenia.

Maria Hartmann war gar nicht Maria Hartmann. Sie war Lenia.

Nach der Verwandlung breitete sich Stille aus. Kein Wind, keine Vögel, nicht einmal der Krach der fernen Stadt war zu hören.

Lenia, die ihren weißen Laborkittel gegen einen schwarzen, hautengen Einteiler getauscht hatte, grinste kühl und böse. Sie war ein Gestaltwandler.

Und niemand ahnte es. Erst recht nicht Sue in ihrem Zimmer.

Gefunden

Als das alte Stahlwerk durch die Explosion für Sekunden taghell illuminiert wurde, war App bereits tief in der alten Fabrikhalle verschwunden. Mithilfe ihres Taschencomputers versuchte sie, so gut es ging, ihren Weg auszuleuchten, stolperte aber immer wieder über herumliegende Stahlträger, Schutt oder Unebenheiten am Boden. App fluchte. Sie fluchte, seit sie von Sue weggerannt war. Nach der Explosion kamen die Stimmen der Männer immer näher. Auch die Hunde waren komplett durchgedreht. App hatte sich nicht getraut, sich noch einmal umzudrehen. Sie war unbeirrt weitergerannt.

Plötzlich hörte sie einen Motor und blieb stehen. Zwei Scheinwerfer tauchten wie aus dem Nichts auf. Schnell löschte sie ihre Taschenlampe und versteckte sich hinter einem riesigen Schuttberg. Das Auto kam direkt auf sie zu und zog eine gigantische Staubwolke hinter sich her. App spielte mit dem Gedanken, zu fliehen. Aber das Auto würde sie schneller einholen, als ihre Beine rennen konnten. So blieb sie in ihrem Versteck, sah, wie das Auto abrupt stoppte und der Motor ausging. Die Fahrertür öffnete sich und jemand stieg aus. App konnte nicht genau erkennen, wer es war, weil sie das Licht der Scheinwerfer blendete. Aber dann hörte sie eine ihr vertraute Stimme: »Sue? Bist du da?«

Es war Maria Hartmann, die ihr Handy wie ein Suchgerät vor sich haltend neben dem Auto stand und in die Dunkelheit blickte. »Sue?«, rief sie erneut, etwas lauter. App war sich sicher, wenn sie weiter so herumschrie, dann würden es die Sicherheitsleute hören.

Also erhob sie sich aus ihrem Versteck und sagte: »Frau Hartmann? Was machen Sie denn hier?«

Maria starrte App an und fragte: »Und wer bist du?«

Superserum

Sue hockte noch immer vor der verschlossenen Tür. Sie wischte sich ihre Tränen mit ihrem mittlerweile völlig durchnässten T-Shirt ab. Als sie aufstehen wollte, vernahm sie das ihr bekannte Räuspern von Alfred. Sie sah sich um, rutschte auf allen vieren durch ihr Zimmer und fand unter ihrem Bett, direkt neben dem alten Schulrucksack, den sie angeekelt beiseiteschob, die rote Maske.

»Miss Sue. Bitte nicht mehr weinen. Lassen Sie mich Ihnen etwas zeigen.«

Leicht zittrig hob Sue Alfred auf und hielt ihn wie einen Schatz vor sich.

»Miss Sue. Es tut mir unendlich leid. Aber bevor meine Worte Sie noch mehr verwirren, möchte ich Ihnen ein kurzes Video zeigen.«

Sue atmete hörbar schwer, legte Alfred vorsichtig auf ihr Bett und nickte. »Ich bin bereit.«

Dann öffnete Alfred ein Video. Es zeigte Sues Zimmer, und

was Sue da sah, verschreckte sie noch mehr. Sie wurde kreidebleich und musste sich am Bettrand festhalten, um nicht umzukippen.

Als das Video zu Ende war, schwiegen beide für einen Moment. Dann fragte Sue: »Alfred ... Wann hast du das aufgezeichnet?«

»Vor exakt fünfundfünfzig Minuten und zweiundzwanzig Sekunden.«

»Und es ist echt?«

»Daran besteht kein Zweifel.« Alfred klang fast ein bisschen beleidigt.

Von draußen waren Schritte zu hören. Sue sprang auf, schnappte sich Alfred und lief zur Tür. Sie legte ihren Kopf an das Holz, um besser hören zu können. Wieder Schritte. Hastig eilten sie über den Flur. Dann Stille. Plötzlich klapperte es laut und jemand werkelte am Schloss herum.

»Susanne?« Es war die Stimme ihrer Mutter.

Sue versteckte sich hinter ihrem Bett. Die Tür wurde mit Gewalt aufgestoßen, und da stand ihre Mutter mit App.

Sue zögerte keine Sekunde. »App. Geh sofort von meiner Mutter weg. Los!«

App schaute Sue irritiert an. Und auch Maria war komplett verwundert.

»Susanne? Was soll das?« Das Wiedersehen mit ihrer Tochter hatte sie sich anders vorgestellt.

Sue spürte Alfreds Wärme in ihrer Hand und sie warf die rote Maske aufs Bett. »Öffne ihn. Los!«, befahl sie.

Maria stellte jetzt keine Fragen, sie entschied sich, ihrer Tochter zu gehorchen und den roten Anhänger zu nehmen. Sie umschloss Alfred mit ihrer Hand, berührte dabei den kleinen Sensor mit ihrem Finger, es surrte, piepte ... und dann schoss die ihr bekannte holographische Kugel in die Luft.

»Doktor Hartmann. Welch unbeschreibliche Freude, Sie wiederzusehen.«

Sue entspannte sich jetzt, Alfred irrte nicht, und sie schrie: »Mama!«

Dann rannte sie zu ihrer Mutter und fiel ihr um den Hals. App blickte peinlich berührt zu Boden und fragte: »Kann mir irgendjemand erklären, was hier los ist?«

Sue zog Alfred aus Marias Händen und nickte: »Nur die echte Maria kann ihn öffnen.«

»Die echte Maria?« App verstand nur Bahnhof.

Sue bat Alfred, ihnen zu zeigen, was er ihr eben gezeigt hatte.

Alfred gehorchte und startete erneut den Videobildschirm. Und jetzt sahen auch Maria und App, was Sue vorhin so verrückt und traurig gemacht hatte: Sues Zimmer. Sue, die scheinbar bewusstlos im Bett lag. Direkt neben ihr Lenia, die den Superheldenanzug beiseiteschob. Dann Lenias säuselnde Stimme die sagte: »Ich hab auch immer davon geträumt, eine Superheldin zu sein.« Sie lächelte und fuhr fort: »Und als du mir neulich im Labor diese andere Welt gezeigt hast, dieses Gefühl der Macht, da war der Traum wieder da. Danke.«

Maria konnte es nicht fassen. Sie ballte ihre Hände zur Faust und unterdrückte ihre Worte.

Das Video zeigte weiter, wie Lenia eine Spritze aus ihrer Tasche zog, sie gegen das Licht hielt und teuflisch grinsend sagte: »Wenn ich geahnt hätte, dass ich nur dein Blut brauche ...« Lenia stach die Nadel, ohne mit der Wimper zu zucken, in Sues Oberarm, entnahm mit der Spritze Blut und injizierte sich dieses dann selbst.

Sogar Sue, die das Video schon kannte, hielt den Atem an.

Es dauerte nur wenige Sekunden, bis das frische Blut bei Lenia Wirkung zeigte. Allerdings schien sie Schmerzen zu haben, sie keuchte, verzog ihr Gesicht und unterdrückte einen Schrei. Als ob sie Krämpfe hätte, krümmte sie sich und verschwand kurz aus dem Bild. Dann tauchte sie wieder auf, und App und Maria trauten ihren Augen nicht. Denn DAS war nicht mehr Lenia, DAS war Maria, Maria Hartmann. Oder besser gesagt, eine Kopie von Maria. Als ihr bewusst wurde, was *NT26D* bei ihr ausgelöst hatte, lachte sie so laut, dass die Aufnahme übersteuerte.

Alfreds Video war zu Ende.

»*NT26D* ist scheinbar für die meisten vollkommen harmlos«, erklärte Sue. »Deshalb ist auch nichts passiert, als du«, sie zeigte auf ihre Mutter, »es dir im Labor gespritzt hast.« Maria nickte. Sie war noch immer vollkommen perplex von den Aufnahmen. Sue fuhr fort: »Aber zusammen mit meinem Blut wird es zu einem Superserum.«

Maria konnte zunächst nichts erwidern, ihr Hals fühlte sich fürchterlich trocken an, sie musste erst einmal verdauen, dass ihre langjährige Assistentin so einen Verrat begangen hatte. Leise ergänzte sie dann: »… das bei jedem Menschen anders mutiert. Genauso wie ich es mir gedacht habe.«

Sue fügte hinzu: »Jeder Mensch scheint anders auf mein Blut zu reagieren. Ich werde unsichtbar. Lenia kann ihre Gestalt verändern. Und App könnte vielleicht …«

»Fliegen?«, fiel App ihr fragend ins Wort und gab damit zum ersten Mal seit Minuten ein Lebenszeichen von sich.

»Ja. Warum nicht«, sagte Sue und lächelte.

»Wo ist Lenia jetzt hin?«, wollte Maria wissen.

Sue erinnerte sich an das Gespräch mit der falschen Maria, und sagte: »Sie hat mich nach Tobi gefragt. Und ich hab ihr ...« Da schlug die Erkenntnis bei ihr wie ein Blitz ein. Erschrocken sah sie ihre Mutter an. »Ich hab ihr gesagt, wo Tobi ist. Weil ich dachte ..., sie ... ist ...«

»Wer ist denn Tobi?«, wollte Maria wissen.

Weder App noch Sue gaben eine Antwort, vielmehr schossen ihre Gedanken wie beim Ping Pong hin und her. App schien zu verstehen, was Sue dachte. Und so sagte sie: »Lenia muss alle Zeugen beseitigen.«

Sue nickte. »Erst mich, dann Tobi ...«

»Und dann bin ich dran«, sagte App.

Maria schüttelte ungläubig den Kopf. Sie verstand noch immer nicht. »Was meint ihr damit?«, fragte sie. »Und wer bitte ist dieser Tobi?«

Happy Halloween

Tobi ahnte natürlich nicht, in welcher Gefahr er steckte. Er konnte ja auch nicht wissen, dass ihm jemand folgte. Nach dem Streit mit Sue, an den er sich auf keinen Fall erinnern wollte, hatte er das Moped zu Hause abgestellt, das Halloween-Kostüm angezogen, das ihm seine Mutter gekauft hatte, und war mit der nächsten Fähre in die Stadt gefahren.

Es regnete mal wieder und vor dem alten Stadtbad waren Hunderte kleine und große Vampire, Zombies, Wookies oder einfach nur Kürbisse unterwegs. Die Bässe von DJ Goblins Musik dröhnten aus den Boxen und bunte Lichter beleuchteten die alte

Fassade des Jugendstil-Schwimmbads. Tobi in seinem Skelett-Anzug brauchte nicht lange, bis er das bekannte Kichern und Gackern von Eileen und deren Clique hören konnte.

»Ich dachte, du hast was Besseres vor?«, sagte Eileen grinsend, die aussah wie eine Mischung aus Barbie und Zombie.

»Pläne ändern sich eben«, meinte Tobi knapp, drehte sich um und verschwand zwischen einem Dracula und zwei Hydra-Agenten.

Eileen aber wollte sich nicht geschlagen geben, sie folgte Tobi ins Herz der Party, wo Jack Skellington, der Boogieman und viele kleine Vampire ausgelassen feierten. »Drückt mir die Daumen!«, rief Eileen ihrer Clique noch zu.

Was weder Eileen noch Tobi sahen, war, dass Lenia hinter der Hausecke wartete und alles beobachtete. Sie hatte einen schwarzen hautengen Einteiler an, der ganz wunderbar zu all den anderen Kostümen passte, lächelte kühl, beinahe siegessicher, und folgte Eileen und Tobi ins Stadtbad.

Die »Schwarze Witwe« hatte ihre Falle ausgelegt. Würde sie gleich zuschlagen? Der Mond ist aufgegangen.

Marias Auto parkte direkt vor dem Gartentor der Hartmanns. Als App, Maria und Sue aus dem Haus traten, mussten sie über die am Boden liegenden bewusstlosen Männer von Lenia klettern. App sagte nur entschuldigend mit einem Augenzwinkern: »Ich sag immer allen: Nie den gelben Knopf drücken. Aber sie wollen nicht auf mich hören.«

Die Männer würden wieder zu sich kommen, aber für den Moment waren sie noch außer Gefecht gesetzt.

Gleich neben Marias Auto stand Christophs Bus. Maria fragte Sue, ob sie wisse, was mit Papa sei. Aber sie hatte keine Ahnung.

Seit dem kurzen Telefonat auf dem Marktplatz hatte sie nichts mehr von ihm gehört. App eilte derweil mit Sues kaputter Superheldensteuerung zum Auto, um im Kofferraum des Wagens nach passendem Werkzeug zu suchen. Sue blieb stehen, nahm Marias Hand und sah ihre Mutter ernst an.

»Ich hab dich so vermisst, Mama«, sagte sie. »Ich hab gedacht, die haben dich … Ich dachte, es ist alles meine Schuld …« Maria legte sanft die Finger auf den Mund ihrer Tochter.

»Es ist nicht deine Schuld. Nichts davon ist deine Schuld. Ich habe Lenia unterschätzt und war so naiv zu glauben, dass ich das alles alleine schaffen kann.«

Dann nahm sie ihre Tochter in die Arme und hielt sie, so fest sie konnte. »Ihr seid ein richtig tolles Team. Ich bin sehr, sehr stolz auf dich.«

Sue wischte sich eine Träne weg. Maria klopfte ihrer Tochter auf die Schultern und sagte: »Und jetzt treten wir Lenia in den Arsch.«

Sue musste lächeln. So hatte sie ihre Mutter noch nie reden hören.

»Ja. Lass uns Tobi retten«, sagte Sue mit fester Stimme. Plötzlich hatte sie wieder Zuversicht und Mut. Wie ein echter Superheld stand sie vor App und Maria.

»Invisible Sue …«, sagte App.

Und genau in diesem Moment waren alle Wolken vor dem Mond verschwunden. Blau leuchtete er. Und Sue sah im Mondschein aus wie Supermoon.

Horrorpunsch

DJ Goblin stand oben auf einer Empore im Schwimmbad und seine Stimme donnerte mit vollen Bässen aus den Boxen durch die große Halle. Flackerndes rot-blaues Licht erleuchtete die wunderschönen Bögen an der Decke und die riesigen Spinnennetze, die bis zum Becken herunterhingen. Ballons schwebten im Takt der Musik durch die Luft. Hunderte verkleidete Schüler tanzten, schwammen im Wasser oder schauten sich staunend die gigantische Party an.

Der DJ brüllte: »Seid ihr bereit, wieder völlig auszurasten. Für den euch liebenden DJ …«

Und alle antworteten im Chor: »Gooooooobliiiin!«

Dann drehte der grün geschminkte und mit den spitzen Kunstohren dem Original sehr ähnlich sehende DJ seine Musik noch lauter. Die Party ging weiter. Ein schriller Schrei erschütterte die Halle, einige Jungs in Sträflingsklamotten sprangen vom Turm und landeten mit gigantischen Arschbomben so nah am Beckenrand, dass die dort stehenden Schüler kreischend die Flucht ergriffen.

Frau Gunnarson, die einen mit Anti-Atomkraft-Stickern beklebten gelben Strahlenschutzanzug trug, drängelte sich zwischen den Schülern hinauf zum DJ-Pult. Ganz ohne Kontrolle sollte auch diese Feier nicht ablaufen. Zaghaft tippte Gunnarson dem DJ auf die Schulter und sagte etwas, dass bei dem Lärm allerdings unterging. DJ Goblin nahm seine Kopfhörer ab, beugte sich zu ihr und brüllte: »Sie müssen lauter sprechen!«

»Was?«, fragte Gunnarson zurück.

»Lauter … Sie müssen lauter sprechen.«

»Darum geht es ja«, schrie die Lehrerin jetzt, »könnten Sie die Musik ein wenig leiser machen?«

Goblin grinste, regelte die Musik runter und brüllte ins Mikro: »Ich höre gerade, wir sollen die Musik etwas leiser machen. Was sagt ihr dazu?«

Wie zu erwarten, brüllte die schwitzende Menge lautstark: »NEEEIIIN!«

DJ Goblin zuckte entschuldigend mit den Schultern, setzte seine Kopfhörer wieder auf und schob die Regler der Anlage bis zum Anschlag.

Tobi war unterdessen an der Bar angekommen und setzte sich auf einen freien Hocker. Was für ein beschissener Tag, dachte er. Zwar hatte der mit schmackhaften Pancakes und einem Gänsehautauftritt von Sue begonnen … Tobi biss sich auf die Zunge. Sue. Immer wieder Sue. Andauernd musst er an sie denken. Immer hatte er ihr Bild vor Augen. Eigentlich wollte er das Mädchen vergessen. Aber das klappte nicht.

»Was kann ich dir bringen?«, fragte der Kellner, ein Schüler aus der Oberstufe in einem Bane-Kostüm, und holte ihn zurück in die Realität.

»Äh … einen … «, Tobi blickte kurz auf die Karte auf dem Tresen, »Horrorpunsch, bitte.« Die Bane-Kopie nickte und griff nach ein paar Flaschen unter der Theke. Wo Sue jetzt wohl steckt?, fragte sich Tobi. War sie in Gefahr? Hatte sie ihre Mutter gefunden? Ging es ihr gut? Sue wollte ihm einfach nicht aus dem Kopf gehen. Trotz der vielen hässlichen Dinge, die sie ihm zugerufen hatte. Er fluchte innerlich.

Da legte sich eine Hand von hinten auf seine Schulter.

»Hi!« Er fuhr erschrocken zusammen.

Eileen stand da und lächelte ihn freundlich an. Tobi wollte reflexartig aufstehen, aber das Barbie-Zombie-Mädchen hatte sich schon neben ihn gesetzt und ebenfalls einen Horrorpunsch bestellt. An ihrem Mundwinkel klebte Blut. Was ziemlich echt aussah, fand Tobi.

»Alles gut bei dir?«, fragte sie ihn.

»Nein«, antwortete er ehrlich.

Eileen sah ihn fragend an, nahm den Strohhalm ihres Horrorpunsches in den Mund und zog daran, wobei die Gummiaugen in ihrem Glas lustig hin und her schaukelten. Tobi musste lachen. Eileen ebenfalls. Und in dem Moment hatte er Sue endlich vergessen.

»Hast du Lust auf einen Tanz?«, fragte Eileen und zwinkerte ihm zu.

»Ich w... w... w... w... weiß nicht so recht ...« Verdammt, da war sein Stottern wieder. Doch Eileen ging nicht darauf ein. Sie stellte ihr Glas ab, griff seine Hand und flüsterte ganz dicht in sein Ohr: »Komm ...«

Und Tobi folgte Eileen.

Autogeständnisse

Maria raste viel zu schnell über die Autobahn. Die Tachonadel zitterte unruhig fast am Anschlag. Aber die drei mussten sich beeilen, wenn sie es noch rechtzeitig zum Stadtbad schaffen wollten. Die Innenstadtstraßen waren um diese Zeit zu voll, also hatten sie den etwas längeren, aber dafür schnelleren Weg durch den Tunnel und über die Autobahn genommen.

»Wie hast du Kaya eigentlich gefunden?«, wollte Sue wissen, die vorn neben ihrer Mutter auf dem Beifahrersitz saß, währen App hinten im Auto konzentriert an der Steuerung von Sues Superheldenanzug herumbastelte. Maria überlegte kurz, sah ihre Tochter dann von der Seite an und sagte ein wenig kleinlaut: »Dein Pulli ist gechippt. Ich bin dem Signal bis ins alte Stahlwerk gefolgt und dann etwas überraschend bei App gelandet. Konnte ja nicht ahnen, dass ihr einfach eure Klamotten tauscht.«

»Und woher wusstet ihr, dass Lenia mich nach Hause gebracht hat?«, fragte Sue.

Ihre Mutter gab keine Antwort, und App, die eben noch das Gespräch neugierig verfolgt hatte, senkte ihren Kopf, tat so, als wäre sie total beschäftigt.

»Mama?«, hakte Sue ungeduldig nach.

»Deine Socken …«, sagte sie endlich. Mehr nicht.

»Was?«

»Sind auch gechippt«, sagte Maria jetzt noch leiser.

»Mama!« Sue war total entrüstet. Jacken und Pullis – gut, das wusste sie. Aber dass ihre Mutter so paranoid war und auch Socken chippte, das ging ihr echt zu weit.

»Es tut mir leid. Ich hör damit auf. Versprochen.«

Sue sah eine Weile aus dem Fenster und beobachtete die vorbeihuschenden Lichter der Stadt. In der Ferne schob sich gerade ein riesiges Containerschiff durch den Fjord. Von der Brücke des Containerriesen konnte man wahrscheinlich bis ins Stadtzentrum und damit auch zum alten Stadtbad schauen. Was Tobi wohl gerade trieb?, dachte Sue. Ob er sich mit Eileen getroffen hat?

»Bist du gar nicht neugierig, wie ich entkommen bin?«, wollte Maria wissen.

Sue nickte gedankenverloren. Sie versuchte krampfhaft, Tobi aus ihrem Kopf zu kriegen. Sie war Schuld, dass er nun in großer Gefahr war. Sie hatte ihm bei diesem dussligen Streit hässliche Dinge an den Kopf geworfen, und vor allem hatte sie Lenia seinen Aufenthaltsort verraten.

»Die haben mich gleich nach der Entführung zur *DEC* gebracht und mich gezwungen, alle Daten und Akten mitzunehmen. In einem unbeobachteten Moment konnte ich allerdings einen Hilferuf absetzen.« Maria machte eine kurze Pause. »Dann haben sie mich in das alte Stahlwerk verschleppt. Aber sie waren so besessen von der Suche nach dir, dass ich fliehen konnte. Hab versucht, mich in dieser alten Halle zu verstecken, da ist plötzlich die Decke runtergekommen.« Stolz sah sie ihre Tochter an. »Das hättest du nicht gedacht von deiner alten Mutter, oder?«

Sue schüttelte den Kopf. »Nicht mal im Traum.«

»Ich muss ohnmächtig geworden sein. Ich kann mich an nichts mehr erinnern, bis Jonas mich aus den Trümmern gezogen hat.«

»Jonas?« Sues Herz begann laut zu hämmern, und auch App staunte.

»Jonas Drill?«, wiederholte Sue. Maria nickte.

»Ja. Jonas ist der loyalste Mensch, den ich kenne. Er ist auf unserer Seite.«

»Was?«, platzte es jetzt aus App heraus. »Wir denken die ganze Zeit, er jagt uns!«

Maria lächelte. »Das hab ich bemerkt. Und Jonas auch. Ihr habt ihm ganz schön Kopfzerbrechen bereitet.«

»Er hätte uns auch einfach anrufen und uns alles erklären können«, erwiderte Sue. Das hätte ihm einigen Ärger und das ganze Chaos erspart.

»Hier ...«, sagte App und tippte Sue auf die Schulter. »Deine Steuerung funktioniert wieder.« Sue nahm das futuristische Teil, machte es mit dem Klettverschluss an ihrem Handgelenk fest und grinste.

»Und schau mal unter deinen Sitz. Ich hab noch was für dich«, sagte Maria. Sue zog einen schwarzen Koffer unter dem Sitz hervor und öffnete die Verschlüsse. Sie sah eine Ampulle mit einer gelbgrün leuchtenden Flüssigkeit.

»Das Gegenmittel«, sagte Maria. »Versprochen ist versprochen.«

Sue kniff irritiert die Augen zusammen. »Ein Gegenmittel? Wofür?«

Maria hob erstaunt die Augenbrauen. »Na du bist ja lustig. Gegen die Unsichtbarkeit natürlich. Ich hab seit meiner Befreiung an nichts anderem mehr gearbeitet.«

Sue klappte den Koffer mit lautem Klacken wieder zu. »Aber ich brauch kein Gegenmittel. Ich bin Invisible Sue, Mama.«

Rettungsteam

Der Herbststurm fegte seit Stunden über Markholm. Und im Stadtbad tobte die Halloween-Party. Tobi tanzte mit Eileen und genoss es. Er spürte Erleichterung, Erholung von den anderen Mädchen, vor allem von Sue. Mal nicht an die Flucht vor *DEC*-Leuten oder über Entführungen nachdenken. Als DJ Goblin dann einen Schmusesong spielte, fingen die meisten an, eng umschlungen zu tanzen. Und auch Tobi nahm Eileen in den Arm. Er spürte ihren Körper, die Wärme, roch ihre Haare ...

Auf dem engen Hof hinter dem Stadtbad hielt zur selben Zeit

das Auto von Maria Hartmann. App verteilte ihre Funkohrstecker und Maria schärfte den Mädchen ein: »So! Jetzt seid ihr dran. Sucht Tobi. Und dann nichts wie raus da. Ich hole Drill und seine Leute und wir treffen uns dann oben auf dem Parkhaus.«

App nickte und stieg aus. Sue war ein wenig enttäuscht. Irgendwie hatte sie gehofft, ihre Mutter würde sie begleiten und sagte dies auch.

»Ich würde doch sofort auffallen«, meinte Maria. »Außerdem bin ich kein Superheld. Du schon. Rette Tobi!«

Ihre Mutter hatte recht, dachte Sue. Das war die Mission. Und sie war Invisible Sue. Entschlossen zog sie ihre Kapuze dicht über ihren Kopf und folgte App in das Schwimmbad.

Eileen war unterdessen mit ihren Lippen ganz dicht an Tobis Ohr gekommen. Sie wollte etwas flüstern, musste aber wegen der lauten Musik fast schreien: »Ich hol uns noch mal was zu trinken. Nicht weglaufen!« Tobi nickte und war ein wenig enttäuscht, dass der Tanz mit Eileen schon zu Ende war oder zumindest unterbrochen.

Sue und App waren zu dem Zeitpunkt im Keller unter der Schwimmhalle angekommen. Riesige Heizungsrohre und Wasserleitungen hingen dort unter der Decke. Es roch nach Chlor und Desinfektionsmittel. Die Luft war tropisch warm und Sue begann schon jetzt in ihrem Superheldenanzug zu schwitzen. Vielleicht hätte App noch eine Klimaanlage einbauen sollen, dachte sie belustigt.

»Was hast du jetzt vor?«, wollte App wissen.

Sue sagte nur: »Ich will Tobi retten.«

Wie immer sprachen sie nicht über den konkreten Plan. Sie wussten ja auch nicht, ob Lenia hier war, und wenn ja, welche Gestalt sie angenommen hatte. Bei mehreren hundert Partygästen konnte die Suche eine Weile dauern.

Jedenfalls zog Sue die Ampulle mit der gelbgrünen Flüssigkeit aus der Tasche, legte sie in die kleine Injektionspistole ein, die ihre Mutter ebenfalls im Koffer verstaut hatte, und drückte auf »Aktivieren«. Es zischte leise und ein Teil der Flüssigkeit schoss sofort in die Pistole. Für einen Moment sah es so aus, als würde die kleine Nadel an der Spitze der Pistole aufblitzen.

»Du willst dir das Gegenmittel spritzen?« App war irritiert.

»Quatsch. Wir suchen Lenia. Egal, wie sie jetzt aussieht, wir finden sie. Dann lenken wir sie ab, ich spritz ihr das Gegenmittel, und dann hoffen wir mal, dass es bei ihr auch funktioniert.«

App sah Sue fassungslos an. Und wie so oft in schwierigen Momenten räusperte sich Alfred und sprach: »Dürfte ich anmerken, dass ihre Frau Mutter nichts von Gegenmittel oder Lenia gesagt hat? Sie sprach lediglich davon, den jungen Mann zu retten.«

Sue aber fühlte sich mehr denn je wie Invisible Sue, grinste und sprach: »Das ist korrekt. Aber ich habe den Plan geändert.«

Alfred erwiderte nichts, App musste lachen und Sue ging voran nach oben. Die Bässe wurden lauter, die Rohre über ihnen schepperten im Takt. Die beiden Mädchen waren wild entschlossen, ihre Mission zu Ende zu bringen.

Bauchschmerzen

Eileen hatte an der Bar zwei neue Becher Horrorpunsch besorgt und wollte gerade zurück zu Tobi, als sie plötzlich am Arm festgehalten wurde. Sie drehte sich um und schaute in das fragende Gesicht von Chrissie.

»Kann ich dir irgendwie helfen?«, fragte Eileen leicht genervt.

»Ich will doch nur wissen, wie's läuft«, sagte Chrissie unsicher.

»Äh, gut«, meinte Eileen, ohne genau zu verstehen, was Chrissie eigentlich von ihr wollte. Die nickte Richtung Tobi, der auf der anderen Seite des Beckens stand . »Ach das«, sagte Eileen jetzt. »Ja, äh ... cool. Mega. Er hat nur Augen für mich.«

Chrissie wirkte ein wenig enttäuscht und wollte Details: »Habt ihr schon?«

Seufzend schlug Eileen kurz die Augenlider nieder und sagte dann entschieden: »Äh nein. Haben wir nicht.«

Da sah sie im Augenwinkel, wie Sue und App auf der gegenüberliegenden Seite die Halle betraten. Sie riss sich unsanft von Chrissie los und fauchte: »Ehrlich gesagt, geht dich das'n Scheißdreck an. Was willst du überhaupt von mir?«

Sue und App mussten sich bei dem grellen Licht und dem Gewusel der Menge erstmal orientieren. Wo sollten sie anfangen? Wie konnten sie Lenia und Tobi in diesem Gewirr aus Vampiren, Hexen und Trollen finden?

Doch da hatte Sue Tobi bereits entdeckt. Er stand allein auf der Tanzfläche und bewegte sich irgendwie unrhythmisch zur Musik. Eileen kam zu ihm und hielt zwei leuchtende Becher in den Händen. Tobi nahm einen Becher, beugte sich vor und flüsterte Eileen etwas ins Ohr. Die schien zu kichern und legte ihren Arm demonstrativ um Tobis Schultern. Dann stießen die beiden an.

»Das glaub ich jetzt nicht. Eileen ...«, sagte Sue leise und spürte einen bösen Schmerz in ihrem Bauch. Wut stieg in ihr auf. Wut auf Tobi, aber natürlich auch auf sich selbst. Vor allem aber auf Eileen.

App spürte, dass etwas mit ihrer Freundin nicht stimmte. Auch sie hatte die Szene gesehen, beugte sich zu Sues Ohr und sagte:

»Du kannst ihm später noch deine unendliche Liebe gestehen. Wir müssen weiter.«

Entrüstet drehte Sue sich um und blaffte: »Kannst du bitte mit diesem Mist aufhören? Ich bin nicht verknallt.«

App hob entschuldigend die Hände. »Nein. Schon klar.«

Und auch Alfred meldete sich: »Das hat auch niemand behauptet.«

Sue schüttelte den Kopf. »Auf einmal seid ihr zwei euch einig, ja?«

»Gut. Du bist nicht verknallt.« App verdrehte die Augen.

»Nein. Bin ich auch nicht. Und jetzt los. Lenia suchen.« Sie schaute noch einmal zu Tobi. Der tanzte lachend und völlig ausgelassen. Das tat weh. So hatte sie sich diese Rettungsmission nicht vorgestellt.

»Miss Sue?« Alfred säuselte in Sues Ohr. »Miss Sue … Bitte!«

Wahrscheinlich hatte diese nervige K.I. recht, dachte Sue. Superhelden durften sich nicht ablenken lassen. Erst recht nicht von irgendwelchen Jungs und nervigen Zicken. Sie schloss kurz die Augen, zählte bis drei und lief los. Lenia war hier. Das wusste sie. Sie würde sie fertig machen. Nicht nur wegen Tobi.

Game Over

Während Sue sich einen Weg durch die Menge bahnte, war App auf das Podium zu DJ Goblin hochgestiegen. Der trank gerade Cola und wippte im Takt der Musik. App tippte ihm von hinten auf die Schulter. Goblin wollte sich schon genervt umdrehen, weil er dachte, da würde wieder diese Lehrerin stehen. Es war aber App, die ihn angrinste und »Hi!« sagte.

»Willst du dir ein Lied wünschen?«, fragte Goblin.

»Ja. Genau. Ich will mir ein Lied wünschen«, sagte App, spielte kleines naives Mädchen mit großen Rehaugen und zwinkerte ihm zu. »Das ist hier drauf. Auf meinem Telefon!«

Goblin betrachtete misstrauisch das Gerät in Apps Hand. Und die sagte zuckersüß: »Einfach auf den gelben Knopf drücken.« Goblin griff das Gerät, zögerte keinen Moment und drückte auf den unscheinbaren gelben Knopf. In dem Moment zuckten Blitze durch seine Finger, den Arm und anschließend durch seinen ganzen Körper. Sofort ging er mit einem Schrei auf den Lippen, den allerdings wegen der lauten Musik niemand hörte, zu Boden und blieb zitternd liegen.

»Idiot!«, ächzte App, holte ihren Taschencomputer zurück, positionierte sich vor dem Mischpult, aktivierte den Funkstecker im Ohr und sagte: »Sue? Bin auf Position. Wie sieht's aus bei dir?«

Sue hatte gerade das halbe Becken umrundet und wusste schon nicht mehr genau, an wie vielen Harry Potters und Hermine Grangers sie vorbeigelaufen war. Sie antwortete leicht genervt: »Keine Ahnung. Jeder hier könnte Lenia sein. Wie soll ich die erkennen?«

In dem Moment erblickte sie Chrissie. Das Mädchen sah verheult aus, saß am Beckenrand und ließ ihre Beine ins Wasser baumeln. Sue kniete sich neben sie und fragte: »Was'n los mit dir?« Das war ihr Helfersyndrom, sie konnte einfach nicht so vorbeigehen, wenn Menschen traurig waren oder aus irgendeinem Grund nicht mehr weiter mussten. Chrissie drehte Sue ihr verschmiertes Gesicht zu und fauchte: »Was willst du?«

»Mit dir reden?«, sagte Sue cool.

»Hau ab ... Lass mich in Ruhe«, war die Antwort.

»Hat es was mit Eileen zu tun?«, fragte Sue.

»Ja«, antwortetet Chrissie kleinlaut, und wieder schossen ihr Tränen in die Augen. »Sie tut so, als ob wie uns nicht kennen und sagt so gemeine Sachen.«

»Typisch Eileen«, sagte Sue.

Doch Chrissie antwortetet wütend: »Das ist aber nicht Eileen. Nicht die, die ich kenne.« Mit diesen Worten stand sie auf und lief zu den Umkleideräumen.

Sue hatte sofort verstanden. Es gab keinen Zweifel. Sie griff zu ihrem Ohrstecker und schrie: »An alle. Eileen ist Lenia. Habt ihr verstanden? Eileen ist Lenia.«

»Na, das wird ja immer besser«, antwortete App. »Dumme Kuh trifft auf dumme Kuh.«

»Mama?«, schrie Sue weiter. »Hast du mich verstanden? Wir haben Lenia gefunden.« Doch im Funkgerät rauschte es nur. Ihre Mutter schien nicht auf Empfang zu sein.

App riss Sue aus ihren Gedanken und rief: »Scheiße. Lenias Männer sind da. Sie stehen vor der Tür.« App starrte auf ihren Taschencomputer, über den sie alle Überwachungskameras des Schwimmbads einsehen konnte. Vor einer großen Seitentür im Foyer standen fünf Männer wild gestikulierend herum, alle mit Halloween-Masken auf dem Kopf. App tippte, so schnell sie konnte, etwas auf ihrem Gerät und erklärte über Funk: »Ich hab die Türen zum Saal blockiert. Aber das wird sie nicht lange aufhalten.«

Unterdessen blickte die falsche Eileen immerfort zur Tür hinüber, was Sue registrierte. Ihr war völlig klar, dass sie fliehen wollte. Und das mit Tobi.

Sue funkte zu App: »Wir können nicht warten. Eileen ist auf der Tanzfläche. Kannst du sie sehen?« App bestätigte dies. »Ich versuch Tobi da rauszuholen. Dazu brauch ich Nebel. Ganz viel Nebel. Um Eileen, äh Lenia zu verwirren. Schaffst du das?«

»Roger, Roger!«

»Dann gib alles, was du hast.«

App spielte kurzerhand ein neues Lied, ließ das Licht noch schneller und hektischer aufblitzen, öffnete alle Nebelkanonen und ließ den kompletten Tanzbereich im Nebel versinken. Sue nutzte die Situation und verschwand in einer dichten grauen Wolke. Eileen war von dem massiven Nebel überrascht, konnte sie doch plötzlich den Ausgang nicht mehr sehen. Selbst Tobi vor ihr verschwand in den Nebelschwaden. Sie wollte nach ihm greifen, aber plötzlich fehlte von ihm jede Spur. Panisch sah Eileen, also Lenia, sich um. Doch das half nichts. Kein Tobi. Nur Nebel.

»Tobi???«, rief sie. Ihre schrille Stimme überschlug sich.

Aber Tobi war weg, Sue hatte sich den Jungen gegriffen und zog ihn von der Tanzfläche.

»Sue?«, fragte Tobi völlig verwirrt. »W… W… Was … Lass mich los. Was willst du denn hier?«

Tobi war überhaupt nicht erfreut, Sue hier wiederzusehen. Er riss sich von ihr los und suchte Eileen.

»Wir müssen von hier verschwinden«, rief Sue. »Schnell!« Ihre Stimme klang panisch. Sie wollte auf keinen Fall, dass Lenia sie jetzt entdeckte. Deshalb fügte sie schnell hinzu: »Eileen ist nicht Eileen. Sie ist Lenia. Hast du mich verstanden? Sie hat mein Blut. Bitte. Du musst mir glauben.«

Tobi starrte Sue perplex an. Eileen war Lenia? Was sollte das jetzt wieder? Wenn das stimmte, was Sue sagte, soviel war Tobi klar, dann war Lenia in der Lage, ihre Gestalt … Er zweifelte. Sue war doch nur eifersüchtig auf Eileen …

»Ich glaub dir kein Wort«, sagte er. »Ich glaub dir überhaupt nichts mehr.«

Langsam hob sich der Nebel. Sue trat ganz dicht an Tobi heran.

»Tobi«, flehte sie. »Bitte! Es tut mir leid, was ich zu dir gesagt habe. Ich ... Ich war einfach sauer und wusste nicht mehr, wem ich eigentlich noch trauen sollte. Ja, es war ein Riesenfehler. Ich brauch dich, Tobi. Ohne dich schaffen wir das nicht. Bitte!«

Tobi schluckte. Er blickte in Sues Augen und fühlte innerlich, dass sie die Wahrheit sagte. Er wollte gerade etwas antworten, da wurde er unsanft von hinten gepackt.

»Wie unglaublich süß. Ihr zwei. Toll!« Es war Lenia, die jetzt auch genau wie Lenia aussah. Sie hielt Tobi an den Schultern gepackt und lächelte. »Aber leider wird es in diesem Fall kein Happy End geben.«

In Sue stieg Wut auf, unfassbare Wut. Und Hass, Hass auf diese falsche Frau. Mit fester Stimme brüllte sie so laut, dass die umstehenden Schüler sofort aufhörten zu tanzen: »Lass ihn sofort los, du Miststück, sonst ... «

»Sonst was? Machst du dich unsichtbar?«, sagte Lenia und lächelte bitterkalt. Tobi zog sie dabei fest an sich, sodass dem erschrockenen Jungen fast die Luft wegblieb. »Mir schlottern die Knie, Hartmann. Hast du gesehen, was ich kann? Ich bin so viel mächtiger als du.«

Doch Sue war wild entschlossen, Tobi hier rauszuholen. Sie aktivierte ihre Fernsteuerung, wurde unsichtbar und verschwand.

Ein Raunen ging durch die Menge. Lenia, Tobi noch immer fest im Arm, schaute sich nervös nach allen Seiten um.

»Susanne?« Wo war sie? Das Mädchen konnte überall sein. »Susanne? Mach dich sofort wieder sichtbar!« Lenia trat vorsichtshalber einen Schritt näher an den Beckenrand, sodass sich niemand von hinten anschleichen konnte. Keiner der Zuschauer wusste so richtig, ob die Sache hier echt war oder zum Halloween-Programm der Party gehörte.

App konnte von ihrem Podium aus sehen, wie Lenias Männer draußen jetzt mit einer Brechstange versuchten, die Tür mit roher Gewalt zu öffnen. »Sue? Falls du mich hörst: Wir sollten uns beeilen. Die …« In diesem Moment hatten die Männer die Tür aufgebrochen und stürmten sofort ins Innere der Halle. »Sue!!! Sie sind da. Die Männer. Los, jetzt oder nie.«

Lenia suchte noch immer nach Sue.

Die Unsichtbare schrie: »Hey Miststück … Du glaubst, du bist mächtig?« Lenia verdrehte beinahe ihren Kopf, sie ahnte, dass Sue wirklich ganz nah war. Die aber ließ sich nicht aus der Ruhe bringen. »Man braucht so viel mehr, um ein echter Superheld zu sein«, rief Sue. Und dann: »Tobi, JETZT!«

In dem Moment stieg Tobi Lenia mit solcher Kraft auf den Fuß, dass die laut aufschrie und den Jungen mit schmerzverzerrtem Gesicht losließ. Tobi sprang einen Schritt nach vorn, drehte sich um und sah, wie Sue direkt hinter Lenia wieder sichtbar wurde, ihre gelbgrün leuchtende Spritzpistole am Anschlag.

»Game Over!«, sagte Sue und stach die Nadel in Lenias Hals. Ein zweiter Schrei schoss durch die Halle, als sich die Flüssigkeit in Lenias Körper verteilte. Verzweifelt streckte die ihre Arme nach hinten aus und wollte Sue packen. Die konnte nicht mehr ausweichen, verlor das Gleichgewicht und fiel mitsamt Lenia ins Wasserbecken.

Tobi zögerte keine Sekunde und sprang hinterher. App zog alle Regler der Lichtanlage nach unten und es wurde dunkel im Schwimmbad. Sie griff zum Mikrofon und sagte: »Und das, meine sehr verehrten Damen und Herren, war die Show Invisible Sue mit ihrem mystischen Sidekick Tobi.«

Da brandete Applaus auf. Allen im Schwimmbad war jetzt klar, dass sie eine gigantische Show gesehen hatten. App drehte die Musik wieder auf, und das wurde auch Zeit, denn der am Boden liegende DJ Goblin öffnete bereits seine Augen. Mission erfolgreich.

Tobi und Sue hatten Mühe, den erschlafften Körper Lenias durch die unterirdischen Gänge des Schwimmbads zu manövrieren. Die wie im Delirium lallende Frau, deren blonde Lockenpracht jetzt vollkommen zerstört war, hatte sich auf Tobi gestützt, konnte aber kaum mehr geradeaus laufen. Das Gegenmittel hatte seine Wirkung gezeigt. Und das war auch gut so, dachte Sue.

App kam aufgeregt von hinten angerannt und rief den beiden schon von weitem zu: »Die da oben sollten erstmal abgelenkt sein. Aber Lenias Männer suchen das komplette Gebäude ab.«

Tobi stieß mit einem Fuß die Tür zum Heizungskeller auf. In dem Moment entglitt ihnen Lenia. Sie rutschte auf den Boden und blieb dort regungslos liegen. Sie stammelte noch irgendwas von »Ihr seid sowas von dran ... « und schloss die Augen.

»Ach wirklich? Und was hast du jetzt vor?«, brüllte Tobi, der noch immer wütend war, dass er auf die falsche Eileen hereingefallen war und sogar ... Gefühle gehabt hatte.

App legte beruhigend ihre Hand auf seine Schulter. »Lass sie. Die ist erledigt und wird niemandem mehr etwas tun.«

Da sackte Sue ebenfalls zusammen. Das Unsichtbarmachen war anstrengend gewesen und hatte seine Spuren hinterlassen. Und ihr Vorrat an Cola war auch aufgebraucht.

»Sue!« Tobi fing das Mädchen auf.

»Ich organisier uns einen Wagen … Wartet hier.« Mit diesen Worten verschwand App. Tobi setzte Sue sanft zu Boden, lehnte ihren Rücken an eines der Heizungsrohre, öffnete ihren Superheldenanzug und setzte sich neben sie.

»Alfred?«, bat Sue mit schwacher Stimme. »Kannst du Kontakt zu meiner Mutter herstellen?«

Nichts geschah. Alfred blieb stumm. »Alfred?« Sue holte die rote Maske aus ihrem Anzug und drückte auf den Knopf. Nichts passierte. Nur ein Rinnsal Wasser tropfte zu Boden.

»Ich glaube, er hat die Taucheinlage nicht vertragen«, sagte Tobi. Doch Sue drückte in verzweifelter Hoffnung, Alfred doch noch zu aktivieren, hektisch immer und immer wieder auf den Knopf.

»Sue …« Tobi legte beruhigend seine Hand auf Sues Schultern. Sie sah ihn an.

»Sue … Es tut mir leid!«

»Nein. Mir tut es leid«, sagte sie. »Was ich gesagt habe. Du hattest recht. Ich hätte auf dich hören sollen. Auf euch beide. Und ich wollte mich nicht über dein Stottern … lustig machen.« Ihr fielen die Worte schwer. Mit jedem Satz verlor sie mehr Kraft. Tobi wusste nicht, was er sagen sollte. Er nahm Sue einfach nur fest in den Arm.

»Da lass ich euch mal eine Minute allein«, sagte App und grinste. Sie hatte einen Rollwagen aus dem Technikraum geholt. Tobi sprang auf und meinte: »Sie braucht einen Arzt.« Dann fiel sein Blick auf Lenia. »Also beide, wahrscheinlich.«

App nickte. »Ich hab meine Mutter erreicht. Sie holt uns drüben im Parkhaus ab. Hilfst du mir?«

Sie hievten Lenia, die noch immer nicht bei Bewusstsein war, auf den Rollwagen. Dann verließen sie gemeinsam das Schwimmbad. Sue, Tobi und App waren wieder vereint. Ihre Mission schien doch erfolgreich zu Ende zu gehen.

Umzingelt

Das Parkhaus war gleich auf der anderen Straßenseite gegenüber dem Stadtbad. Der Wind hatte noch einmal an Intensität zugenommen und pfiff jetzt ohrenbetäubend durch die Straßen Markholms. Kühles, grünblaues Licht beleuchtete die einzelnen Etagen des Parkhauses, das zu dieser Tageszeit fast komplett leer war.

Sue, Tobi und App schoben den klappernden Rollwagen mit Lenia die Auffahrt hinauf. Kein ganz einfaches Unterfangen, denn der kurvenreiche Weg führte steil nach oben. Aber ihre erfolgreiche Mission und vor allem die geglückte Rettung Tobis verlieh ihnen allen Superkräfte. Wobei sie sich fragten, wo Sues Mutter eigentlich steckte und warum sie nicht mehr geantwortet hatte. Es würde sich klären, hofften sie.

Wichtiger war, dass sie es tatsächlich geschafft hatten. Drei Kinder gegen den Rest der Welt. Sie hatten Lenia überlistet, ihr das Gegenmittel injiziert und waren beinahe unerkannt entkommen. Wer hatte schon damit gerechnet?

Sue blieb kurz stehen, betrachtete die Spritze mit dem Gegenmittel in ihrer Hand. Das gläserne Gefäß war noch etwa zur Hälfte gefüllt. Ein kurzer Stich, dachte sie, und aus Invisible Sue würde wieder Sue werden, oder noch schlimmer ... Susanne Hartmann. Sie wollte die Spritze gerade über das Geländer des

Parkdecks werfen, als eine ihr bekannte Stimme zurief: »Kaya … Liebchen!«

Das einzige Auto auf dem oberen Parkdeck war ein großer, schwarzer Geländewagen, vor dem ein Mann stand, den die Kinder noch nie gesehen hatten. Apps Tante Lore rollte mit ihrem futuristischen Rollstuhl langsam um das Auto herum. Direkt auf die Kinder zu. Sie sagte: »Deine Mutter hat mich gebeten, euch hier abzuholen.«

Die Kinder schauten sich irritiert an. Wessen Mutter meinte Lore? Sues? Apps? Doch die Kinder kamen nicht dazu, irgendeine Frage zu stellen, denn Lore zeigte irritiert auf Lenia und fragte: »Wer ist das denn?«

»Äh … Das ist … unsere …« App stotterte und blickte hilfesuchend zu Tobi. Der sagte geistesgegenwärtig: »… unsere Musiklehrerin.« App nickte hastig und erfreut über Tobis Schützenhilfe. »Genau«, sagte sie, »zu viel getrunken. Wir konnten sie doch nicht einfach liegen lassen.«

Lore nickte ernst. »Gut. Vielleicht sollten wir sie in ein Krankenhaus fahren.«

»Gute Idee«, pflichtete ihr App schnell bei.

Lore lehnte sich leicht nach vorne und rollte näher an die Kinder heran. Mit ihren blauen wachen Augen sah sie Tobi, App und Sue durchdringend an. Tobi zupfte unruhig an Apps Jacke und flüsterte: »Schau mal unauffällig auf das Rad vom Rollstuhl.«

App betrachtete das blaue Rad mit den weißen Felgen. Sie hatte es schon hundert Mal gesehen. Was sollte daran so besonders … Doch plötzlich fiel es ihr wie Schuppen von den Augen. Mit zittriger Stimme sagte sie zu Tobi: »Wie in dem Video aus dem Labor.«

Tobi nickte. Das Video auf dem Handy von Maria. Das aus dem Labor. Plötzlich war klar, was dieser weiß-blaue Gegenstand am linken Bildrand war ... Aber konnte das stimmen? War Tante Lore im Labor von Maria Hartmann gewesen? Warum sollte Lore ...

Sue strauchelte, sie war einfach zu schwach und konnte sich nur mit Mühe am Wagen festhalten.

»Ist alles gut mit euch? Braucht ihr Hilfe?«, erkundigte sich Lore ungeduldig. Die Freundlichkeit war aus ihrer Stimme verschwunden.

Tobi wendete entschlossen den Rollwagen. Sie mussten von hier so schnell wie möglich verschwinden. Sue, die Apps und Tobis Geflüster nicht richtig mitbekommen hatte, strauchelte erneut und wankte auf App zu. Die half dem Mädchen auf den Wagen.

»Und was ist mit ihr? Hat sie etwa auch zu viel getrunken?«, wollte Lore wissen.

»Äh ...« Tobi überlegte und ballte dabei die Fäuste. »Allergische Reaktion.«

In dem Moment hörten sie quietschende Reifen, lautes Motorengeräusch und sahen, wie mächtige Geländewagen auf das oberste Parkdeck fuhren. Wie blutriechende Tiere röhrten die Fahrzeuge und schlitterten beim Bremsen über den Beton. Die Türen gingen auf und maskierte Männer sprangen heraus.

»Ich denke, ihr könnt mit dem Theater aufhören«, rief Lore, die rückwärts gefahren war und den Männern Zeichen gab. Aus einem Wagen wurden jetzt Maria, Christoph und Jonas Drill geschubst. Sie waren an Händen und Füßen gefesselt und hatten Knebel im Mund.

»Mama!!!«, rief Sue. Sie hatte ihre Mutter sofort erkannt und wollte zu ihr rennen. Aber Tobi hielt sie am Arm fest und sagte: »Sue, nicht jetzt …«

Maria sah verängstigt aus, panisch. Sie wehrte sich gegen ihre Bewacher und wollte zu ihrer Tochter.

Lore lächelte müde und sprach: »Um das Ganze ein wenig abzukürzen: Ja, ich habe Lenia befohlen, deine Mutter zu überwachen. Um an das *NT26D* zu kommen. Ich habe deine Mutter auch entführen lassen, als klar war, dass das Serum eine so wundervolle Nebenwirkung besitzt. So! Und da nun alles geklärt ist, würde ich mich sehr freuen, wenn ihr ohne Diskussion ins Auto steigt. Jetzt!«

App war unfähig zu laufen, sie starrte die ganze Zeit ihre Tante an. »Warum?«, fragte sie fassungslos.

Lore seufzte und stoppte ihre Männer. »Liebchen«, sagte sie genervt, »Drill habt ihr alles zu getraut. Der böse Mann von der *DEC*. Der Kopf hinter allem. Das ich nicht lache. Aber mich habt ihr unterschätzt. Die liebe, etwas schrullige Tante, nicht wahr? Ist doch so … Aber Profit und Heilung … Das ist eine großartige Mischung. Da konnte ich einfach nicht widerstehen. Mit dem *NT26D* wird die Welt von mir abhängig sein.«

Dann hob sie ihren Arm und gab den Männern erneut ein Zeichen. Sofort rannten zwei zu Lenia, hoben die bewusstlose Frau vom Wagen und brachten sie weg. Auch Tobi wurde von drei Männern geschnappt und zu Boden gedrückt. App, die als Nächste dran war, zog im letzten Moment den Flux-Kompensator aus ihrer Tasche, gab ihn Sue und wehrte sich mit aller Macht gegen die maskierten Männer. Sie biss, trat und schrie so lange, bis Lore, ungeduldig und noch mehr genervt, weitere Männer losschickte, um ihre Nichte zur Ruhe zu bringen.

Nur Sue blieb unangetastet stehen. Keiner der Männer wagte sich näher als zwei Meter an das Mädchen heran. Es dauerte einen Moment, ehe Sue begriff, warum. Sie hielt noch immer das Gegenmittel in den Händen. Lore hatte das natürlich gesehen. Nervös zuckte sie mit ihren Lidern, als Sue die Nadel wie eine Waffe höher hielt.

Lore sagte: »So. Ich möchte nicht drängeln, aber ihr hattet euren Spaß. Sue, würdest du bitte einsteigen?«

Sue schaute sich noch einmal kurz um. Mehr als zwanzig Männer. Alle Ausgänge und Zufahrten abgeriegelt. Ein Fluchtversuch würde wahrscheinlich scheitern. Außerdem waren da noch Tobi und App, die konnte sie hier nicht zurücklassen. Auch nicht ihre Eltern. Mit kräftiger Stimme sagte sie: »Wir gehen nirgendwohin. Das *NT26D* ist vernichtet. Sie kommen zu spät.«

Für einen Moment war alles still. Lore nickte und richtete sich in ihrem Rollstuhl ein wenig auf. »Du bist klug genug, um zu wissen, dass nicht alles *NT26D* vernichtet wurde«, sagte sie.

Sue spürte ein Kratzen im Hals. Ihr Herz schlug stark, für einen winzigen Moment war ihr, als würde sie das *NT26D* in ihrem Körper fühlen. Sie sah an sich herab, Lore lächelte und sprach mit ruhiger Stimme weiter: »Genau. Es strömt durch deinen Körper. Meine Rückversicherung, dein Blut.«

Lore fühlte sich jetzt wie der Sieger. Was sollte das Mädchen noch tun? Sie war umzingelt, ihre besten Freunde waren gefangen, ihre Eltern Geiseln.

Aber Sue dachte nicht im Traum daran, aufzugeben. Wild entschlossen hielt sie die Spritze hoch neben ihr Gesicht und sagte laut und deutlich: »Sie werden meine Eltern und meiner Freunde sofort freilassen.«

Lores Lächeln erstarb auf der Stelle. Sie hatte verstanden und sagte dann: »Du bist mutiger und klüger, als ich gedacht habe. Aber du solltest dir deine nächsten Schritte genau überlegen. Wenn du dir dieses Gegenmittel spritzt, bist du nicht mehr Invisible Sue. Deine ganzen Superheldenkräfte werden einfach verschwinden und du wirst wieder die kleine, unscheinbare Susanne.«

Sue wusste das, ja, sie würde alles verlieren. Sie wäre nicht mehr Invisible Sue, wäre keine Superheldin. Wahrscheinlich würde dann auch Tobi das Interesse an ihr verlieren. Sie wäre wieder die graue Maus im Kapuzenpulli, die von Supermoon träumte und im Klassenzimmer vergessen wird.

Sie drehte sich noch einmal zu ihren Eltern um, sah ihre Mutter und ihren Vater. Sah, wie App und Tobi von den Männern gehalten wurden. War alles umsonst gewesen?

Sie hatten fast alle besiegt, dachte Sue. Sie alle waren Superhelden. Was hatte sie vor wenigen Augenblicken zu Lenia gesagt? Es gehört so viel mehr dazu, ein Superheld zu sein. Sie wusste, was sie tun musste. Lächelnd drehte sie sich zu Lore um, hob die Spritze hoch, schloss die Augen und stach sich das Gegenmittel mit der Spritze in den Arm.

Das Ende?

Sue spürte noch, wie sie langsam zu Boden sackte. Der Fall dehnte sich wie eine riesige Kaugummiblase. Das Gegenmittel aus der Spritze schoss heiß brennend durch ihre Adern. Ihre Augen begannen zu flackern, die Welt um sie herum begann sich zu drehen, sie sah Sterne auf und ab hüpfen. Benommen nahm sie wahr, wie etwas auf sie zugerollt kam. Ein Mann, nein, eine Frau schrie und brüllte etwas, das sie nicht verstand. Das Pochen in ihrem Kopf wurde stärker und lauter. Dann hörte sie eine zweite Stimme. Jünger. Deutlich jünger. Ein dunkelhaariges Mädchen rief ihr etwas zu. Aber was? Das Mädchen deutete auf ihre Hände. Was wollte sie ihr mitteilen? Sue spürte, dass sie etwas Kaltes, Metallisches fest umklammert in ihrer Hand hielt. Etwas, das sie irgendwoher kannte. Woher, daran konnte sie sich jetzt nicht erinnern.

»Das war ein großer Fehler, Kindchen«, sagte Lore, die in ihrem Rollstuhl direkt vor Sue gerollt war, zu dem Mädchen, das am Boden kauerte und zitterte. Sue spürte, wie sie von hinten gepackt wurde. Sie spürte einen brutalen Griff, der ihren Oberarm wie ein Schraubstock einklemmte. Jemand in dunkler Uniform und mit Maske hob sie hoch. Und dann wusste sie wieder, wo sie war und was hier los war. Dann wusste sie, was sie in der Hand hatte, wusste, wer es ihr gegeben hatte. Sie spürte, wie die Kraft in ihren Körper zurückkehrte, wand sich mit einer geschickten Drehung aus der harten Umklammerung des völlig überraschten Mannes, sprang auf die alte Frau direkt vor ihr zu und schrie mit bedrohlicher Stimme: »Das war wirklich ein großer Fehler … Oma!«

Und mit diesem Satz rammte sie den Flux-Kompensator an den Rollstuhl, schrie laut »Jetzt« und sprang zur Seite. App hatte sich genau in dieser Sekunde ebenfalls von ihrem Bewacher befreit, hatte ihren Taschencomputer herausgeholt und den entscheidenden Knopf gedrückt.

Tante Lore, die alles hilflos mit ansehen musste, wurde urplötzlich nach hinten gerissen und sauste mit ihrem Rollstuhl wie ein Pfeil los. App hatte jetzt mithilfe des Flux-Kompensators die volle Kontrolle über den Rollstuhl und ließ die schreiende alte Frau mal linksrum, mal rechtsrum fahren, ehe sie donnernd und mit lautem Scheppern gegen ihren eigenen Geländewagen krachte.

Sue riss die Arme hoch, und genau in dem Moment kamen von allen Seiten Polizeiautos auf das Parkdeck gerast. Heraus sprangen Uniformierte und stürzten sich auf die maskierten Männer. Alles ging unglaublich schnell. Sie befreiten Maria, Christoph und Jonas Drill und kümmerten sich um Tante Lore, deren Rollstuhl sich noch immer auf der Stelle im Kreis drehte.

Sue aber fiel zu Boden. Sie sah noch, wie Apps Mutter Lisa Wells angefahren kam, aus dem Auto sprang und ihrer Tochter um den Hals fiel. Sie hatte die Polizei alarmiert, nachdem Tante Lore sie im Schloss eingesperrt hatte.

Jetzt fielen sich alle auf dem Parkdeck um den Hals, freuten sich, jubelten. Sue jedoch wurde schwarz vor Augen. Sie bekam nicht mehr mit, wie ihre Eltern sich um sie kümmerten, wie Tobi besorgt einen Arzt rief und wie Jonas Drill gratulierte. Sie bekam nicht mehr mit, wie Sanitäter sie in einen Rettungshubschrauber schoben, direkt neben die bewusstlose Lenia.

Invisible Sue hatte gewonnen, musste aber ihren Einsatz mit dem Leben bezahlen. Es gab keine Invisible Sue mehr. Invisible Sue war Vergangenheit. Für immer.

Erwachen

Susanne Hartmann, Sue, aber hatte überlebt. Sie war so erschöpft gewesen, dass sie wohl mehrere Tage wie im Koma schlief. Als sie ihre Augen schließlich wieder öffnete, starrte sie in das Gesicht ihres Vaters.

»Was ist passiert?«, hauchte sie leise und versuchte sich aufrichten.

»Du bist die Treppe runtergefallen. In der Schule. Das muss ein mächtiger Rums gewesen sein.« Christoph sah seine Tochter besorgt an und strich ihr liebevoll eine Strähne hinters Ohr. »Wir haben dich erstmal zu deiner Freundin Kaya gebracht.«

Sue lag tatsächlich nicht in ihrem Zimmer, sondern in einem blauen Himmelbett. Der Raum war groß, hoch und von Licht durchflutet. Alte Gemälde hingen an den Wänden, dazwischen Teppiche mit Samtborte. Konnte das wahr sein?, dachte sie. War sie in der Schule gestürzt? In ihrem Kopf hämmerte es laut. Sie konnte sich an nichts erinnern. Sie betrachtete ihre Hände und ihre Arme. Auf dem Unterarm waren irgendwelche Abdrücke zu sehen. Auf ihrem linken Oberarm klebte ein Pflaster. Sue sah ihren Vater fragend an und kniff die Augen zusammen. »Du lügst!«

Christoph lächelte. »Ich dehne die Wahrheit.«

Die Tür ging auf und ihre Mutter Maria kam ins Zimmer. Sie hatte eine Tasse heißen Tee in der Hand und setzte sich grinsend neben ihren Mann aufs Bett. »Lass dich nicht veräppeln. Dein Vater erzählt nur wieder Geschichten.«

Christoph verzog beleidigt das Gesicht. »Geschichten?«, fragte er erstaunt.

Sue boxte ihrem Vater kraftlos gegen den Oberarm und sagte: »Mann, Papa. Das ist nicht witzig.«

»Aua«, sagte ihr Vater und rieb sich übertrieben seinen Arm. »Wenn du wieder genug Kraft hast, wünsch ich mir einen genauen Bericht. Ich will alles wissen.«

»Wirklich alles?«, fragte Sue und schaute ihre Mutter an. Die nickte.

»Die ganze Wahrheit.«

Sue schien es, als würde Stück für Stück alles Geschehene wieder vor ihr auftauchen. Bruchstückhaft kamen die Erinnerungen zurück ... Da waren Apps Tante Lore, die Polizei, das Gegenmittel. Genau, das Gegenmittel.

Christophs Handy vibrierte. Er holte es aus der Tasche und sah auf das Display. »Die Polizei«, sagte er. »Die will sicher auch die ganze Wahrheit wissen.« Leise seufzend stand er auf, knuffte Sue noch kurz in die Seite und zeigte unauffällig auf das schwarze Päckchen auf dem Nachttisch. Dann nahm er das Gespräch an und verließ dabei den Raum.

Sue wollte sich im Bett aufsetzen, aber das fiel ihr unheimlich schwer. Sie sagte: »Mama?«

»Mhmmm?«, antwortetet die.

Sue liefen Tränen übers Gesicht, als sie sagte: »Lore hat recht ... Ich hab alles verloren.«

Da hörte sie das ihr mittlerweile vertraute Räuspern, und ihr Herz begann sofort schneller zu schlagen.

»Mit Verlaub, Sie haben überhaupt nichts verloren.«

»Alfred?« Sue sah sich im Zimmer um.

»Wie er leibt und lebt«, sagte die bekannte Stimme. »Miss Sue, wir sind wahnsinnig stolz auf Sie.«

Maria nickte und zog Alfred aus ihrer Tasche. »App hat ihn für dich repariert. Er gehört jetzt dir.«

Sue nahm Alfred an sich und schwor, ihn nie wieder herzugeben. Dann zeigte sie auf das schwarze Paket auf dem Nachttisch und sagte: »Mama! Du kannst jetzt auch dein Geschenk öffnen. Wenn du willst.«

Lächelnd nahm Maria das schwarze Paket, öffnete es und sah sich den Inhalt an. Dabei schossen ihr Tränen vor Rührung in die Augen. Mit zittrigen Händen legte sie das Paket beiseite und umarmte ihre Tochter.

»Mama … du erdrückst mich.«

»Ich werde dich nie, nie wieder loslassen. Hast du gehört?«

»Dann haben wir wohl ein Problem. Houston?«

»Nein. Das haben wir nicht.« Maria lockerte ihre Umarmung. »Wir sind ein sehr gutes Team und ich bin sehr stolz auf dich.«

Der Schrei durch die Nacht

Sue durfte die nächsten Tagen bei App im Schloss wohnen. Die Polizei, ihre Eltern und viele andere versuchten, Licht ins Dunkel der mysteriösen und geheimnisvollen Angelegenheit der letzten Tage zu bringen. Viele Leute wurden befragt. Reporter allerdings abgewiesen, und es war vor allem Jonas Drill zu verdanken, dass nicht zu viele Fragen gestellt wurden und kaum etwas an die Öffentlichkeit drang.

Schließlich wurde aus all den abgegebenen Erklärungen, Aussagen und Statements ein Gesamtbild. Es galt als sicher, dass die Polizei im »Fall *NT26D*«, wie er jetzt offiziell hieß, schnell und gut gehandelt hatte. Es gab zwar Gerüchte über Verschwörungen und einen Komplott, zudem wurde von seltsamen Vorkommnissen auf der Halloween-Party der Markholm High School gemunkelt. Beweise aber fehlten. Lores Name fiel zwar hier und da, und mancher erzählte etwas von einer gewissen Lenia. Die Namen der drei Kinder Sue, App und Tobi aber tauchten nirgendwo in der Presse oder in den Gerüchten auf. Zwar hatten die drei die *DEC* vor dem Untergang bewahrt, aber für die meisten Menschen dort draußen, blieben Sue, Tobi und App unsichtbar.

* * *

Das Ende der Geschichte ist schnell erzählt. Und es ist genauso fantastisch wie fast alles bisher. Sue hatte sich bald wieder erholt und konnte aufstehen. Und so trafen sich die drei Freunde Tage später um Mitternacht auf der Aussichtsplattform des M-Towers mitten in der Innenstadt, ließen ihre Beine über dem Abgrund baumeln und spuckten fröhlich Weintraubenkerne in die Tiefe.

»Ich hab vorhin 'ne ewig lange Nachricht von Eileen bekommen«, sagte Tobi irgendwann und merkte, dass Sue bei der Erwähnung des Namens kurz zusammenzuckte.

»Du auch?«, fragte App amüsiert. »Meine ganze Mailbox ist voll mit hysterischen Fragen von ihr zu ihrer Doppelgängerin.«

Tobi und App lachten. Nur Sue, die zwischen beiden saß, war ernst geworden.

»Irgendwie tut sie mir leid«, sagte sie leise. »Niemand glaubt ihr, und alle denken, dass sie sich diese ganze Geschichte nur ausgedacht hat, um Aufmerksamkeit zu bekommen. Dabei erzählt sie ausnahmsweise mal die Wahrheit.«

Sue blickte zu Tobi. Der nickte, griff sich ihre Hand und drückte sie fest. Tobi und Sue sahen sich dann lange an, bis App genervt die Augen verdrehte und sagte: »Jetzt küsst euch doch endlich. Das ist ja kaum auszuhalten.«

Sue grinste, beugte sich vor, merkte aber in dem Moment, wie Hitze in ihr aufstieg. Sie spürte, dass sich ihr Magen zusammenzog. Für einen Moment wurde ihr richtig schwindelig und sie klammerte sich an das Geländer der Plattform. Bloß nicht in die Tiefe stürzen, dachte sie und schaute hinab. Sie würgte.

Zu spät. Sie konnte es nicht halten. Ihr gesamter Mageninhalt schoss aus ihr heraus und fiel auf Markholms Innenstadt.

App und Tobi drehten sich angewidert weg.

Sue schien es schnell überstanden zu haben, aber sie starrte fassungslos ihre Hände an. Die kribbelten, dann spürte sie ein vertrautes Ziehen und Stechen. Und dann plötzlich wurde ihr Arm unsichtbar. Tobi und App klappte vor Staunen die Kinnlade runter. Mit offenen Mündern starrten sie Sue an.

»Mit Verlaub ... Miss Sue«, räusperte sich Alfred, den Sue jetzt immer bei sich trug. Auch er konnte seine Überraschung kaum verbergen. »Das Gegenmittel ihrer Frau Mutter scheint nicht so wirksam zu sein, wie sie es gerne hätte«, sagte er.

Sue sprang auf. Plötzlich hatte sie keine Angst mehr hier oben. Überhaupt keine.

Tobi und App standen ebenfalls auf. Konnte das wahr sein? Sollte das stimmen, was Alfred da behauptete? War das Gegenmittel tatsächlich unbrauchbar?

»Eure Hände«, rief Sue aufgeregt. »Gebt mir eure Hände!«

Tobi und App griffen zu. Und sie spürten sofort, wie auch sie genau wie ihre Freundin langsam aber sicher unsichtbar wurden.

»Nehmt euch in Acht …«, schrie Tobi laut in die Nacht.

»Hier kommen …«, fügte App hinzu.

»… die Fantastischen Drei!«, riefen sie zusammen. Der Schrei hallte durch die Nacht. Und dann waren sie verschwunden, verschmolzen mit der Dunkelheit und bereit, dorthin zu gehen, wo noch nie ein Kind zuvor gewesen war.

WIR SIND DIE FANTASTISCHEN DREI

– Aus Sues Tagebuch –

Jetzt verstand ich Theodora Summers. Und Bruce Wayne. Und Peter Parker. Sie operierten im Geheimen. In der Nacht. Wenn alle schliefen. Oder wenn niemand hinsah. Und der Preis war hoch. Um sich selbst und ihre Familie zu schützen, mussten sie im Geheimen arbeiten. Durften niemandem etwas sagen, nicht verraten, wer oder was sie waren. Oder was sie taten.

Am Anfang dachte ich noch: Cool. Kein Problem. Ich will sowieso nicht im Rampenlicht stehen. Und sicher würde auch keiner vermuten, dass die so unscheinbare und stille Susanne in Wirklichkeit Invisible Sue ist.

Aber dann, als die Polizei Apps Tante Lore verhaftete und sie vor Gericht kam und auch Lenia ins Gefängnis wanderte, da hat es mich doch geärgert. Allen wurde gedankt. Nur uns nicht. Dabei hatten wir doch die Drecksarbeit gemacht. Oder?

Lore hatte meine Mutter seit deren Studium nicht mehr aus den Augen gelassen. Sie war die ganze Zeit scharf auf das NT26D *und wollte es unbedingt besitzen. Um sich selbst zu heilen und um eine Medizin zu entwickeln, die alle Probleme löst. Vor allem aber, um ihren eigenen Geldbeutel zu füllen. Als meine Mutter dann bei der* DEC *anfing, hat Lore diese Lenia dort als Assistentin eingeschleust und Maria beschat-*

ten lassen. Wie ein mieser Undercover-Agent hat Lenia alle Daten heimlich kopiert und an Lore weitergeleitet. Dieses Miststück. Zum Glück kam Lenia nie in den Besitz aller Daten. Denn die waren gut versteckt bei Alfred, unserem heimlichen Helfer mit seiner künstlichen Intelligenz, von dem Lenia nichts wusste. Und nach der Explosion – ja okay, daran war ich schuld – musste Lore handeln und hat meine Mutter entführt. Ohne uns drei, ohne App, Tobi und mich, hätte Lore wahrscheinlich gewonnen.

Offiziell lautete die Anklage: Betriebsspionage. Kein Wort über die Unsichtbarkeit oder das NT26D*. Und so wie es aussieht, muss Lore für viele Jahre hinter Gitter. Geschieht ihr recht. Ich habe gehört, sie soll total ausgerastet sein und in ihrem Rollstuhl randaliert haben. Vielleicht kommt sie jetzt in die Klapse. Wer weiß. Ich werde sie nicht besuchen.*

Tobi, App und ich sind ein richtig cooles Team. Jetzt noch mehr als vorher. Und wir waren schon fantastisch. Oder!? Das entscheidet ihr. Ach, ob Tobi und ich ein Paar sind? Keine Ahnung. App fragt auch immer. Und meine Mutter erst. Sie hat sogar ein Gespräch darüber mit mir geführt. Von Frau zu Frau, hast sie gesagt. Na ja, eigentlich von Mutter zu Tochter. Ihr wisst schon. Aber ich muss immer an Mary Jane denken oder Gwen Stacy. Die Freundinnen von Peter Parker, also Spiderman. Wie oft waren sie entführt worden, um Spiderman zu erpressen? Wie oft wären sie beinahe gestorben? Oder sind sogar … na ja, Gwen Stacy hat der Grüne Kobold von der Brücke gestürzt … Und Peter hat lange daran geknabbert … Vielleicht darf man als Superheld niemanden so nah an sich ranlassen. Um sich nicht in Gefahr zu bringen. Weiß ich nicht. Es ist … eben, nur ein Gedanke.

Unsere Eltern haben jedenfalls keine Ahnung, was wir nachts treiben. Sie wundern sich nur, warum wir tagsüber oft so müde sind. Aber das bleibt unser Geheimnis. App hat ein altes Funkgerät umgebaut. So können wir heimlich den Polizeifunk abhören. Nicht ganz legal, okay. Aber cool. Wir werden Markholm beschützen. Das ist unsere Stadt. Habt ihr das verstanden? Gut. Also nehmt euch in Acht! Wir sind die Fantastischen Drei. Und wir bleiben am Ball. Für die Gerechtigkeit.

Danksagung

Ich möchte zunächst meiner Familie danken. Selma, Ole und Hanna, die sowohl den Film, als auch den Roman mit mir zusammen durchgestanden haben. Fühlt euch umarmt und geknuddelt. Dann meinen Eltern Monika und Detlef, meinem Bruder Florian und Liane, die immer daran geglaubt haben, dass es besser ist, ein Spinner zu sein, als Jura zu studieren. Es war der richtige Weg. Dank auch an Ernst und Ingrid fürs Rücken frei halten und jederzeit einspringen ...

Und natürlich Guido und Marcel von der Ostlicht Filmproduktion, ohne die Invisible Sue wohl nie das Licht der Welt erblickt hätte. Zu guter Letzt noch Harald, der mich wie ein Leuchtturm durch diesen, meinen ersten Prosatext geleitet hat, der zur Abwechslung mal kein Drehbuch war. Vielen Dank! Und natürlich auch ein großes Dankeschön an all die sichtbaren und unsichtbaren Superhelden da draußen. Vergesst nicht: Ihr werdet gebraucht. Jetzt mehr denn je!

Euer Markus Dietrich

INVISIBLE SUE – PLÖTZLICH UNSICHTBAR

DER FILM

INVISIBLE SUE – PLÖTZLICH UNSICHTBAR ist ein Kinder- und Jugendfilm, der in Deutschland und Luxemburg als Teil der Initiative **Der besondere Kinderfilm** entstand. Bei der Initiative geht es um neue Kinderfilme, die nicht auf bekannten literarischen Vorlagen, sondern auf originären, also eigens für den Film entwickelten Stoffen beruhen. Neben den Nachwuchsdarstellern Ruby M. Lichtenberg (Sue), Anna Shirin Habedank (App), Lui Eckardt (Tobi) standen für **INVISIBLE SUE – PLÖTZLICH UNSICHTBAR** bekannte Schauspieler wie Victoria Mayer, Tatja Seibt, Stephanie Stremler, Mickey Hardt, Roy Peter Link und Joyce Illg vor der Kamera. Der Film erlebte 2019 seine Deutschlandpremiere beim Deutschen Kinder Medien Festival.

DIE FILMCREW

Regie & Drehbuch: Markus Dietrich
Kamera: Ralf Noack
Schnitt: Sebastian Thümler
Musik: André Dziezuk
Ton: Sebastian Schmidt
Komponist: André Dziezuk
Szenenbild: Stephan von Tresckow
Kostümbild: Uli Simon
Maskenbild: Hanna Hackbeil
Licht: Pepi Rieck
Produzenten: Marcel Lenz, Guido Schwab
Produktion: Ostlicht Filmproduktion
Co-Produktion: AMOUR FOU Sàrl Luxemburg,
Koproduzenten: Bady Minck,
Alexander Dumreicher-Ivanceanu, Andreas Eicher

DIE SCHAUSPIELER

Sue Hartmann	Ruby M. Lichtenberg
Kaya Wells aka App	Anna Shirin Habedank
Tobi Grimm	Lui Eckardt
Maria Hartmann	Victoria Mayer
Christoph Hartmann	Luc Schiltz
Lenia Romanowa	Jeanne Werner
Dr. Jonas Drill	Patrick Hastert
Tante Lore	Tatja Seibt

Der Roman und das Drehbuch **INVISIBLE SUE – PLÖTZLICH UNSICHTBAR** stammen aus der Feder von Autor und Regisseur **Markus Dietrich**. Der Film ist eine Produktion von Ostlicht Filmproduktion GmbH, in Co-Produktion mit AMOUR FOU Sàrl Luxemburg, dem Mitteldeutschen Rundfunk, dem KiKA, dem Hessischen Rundfunk und dem Westdeutschen Rundfunk. Gefördert wurde die Kino-Co-Produktion vom Film Fund Luxembourg, der MDM Mitteldeutsche Medienförderung, der BKM-Beauftragten der Bundesregierung für Kultur und Medien, dem Kuratorium junger deutscher Film, der MFG Medien- und Filmgesellschaft Baden-Württemberg, der Thüringer Staatskanzlei und dem DFFF Deutscher Filmförderfonds. Der Film startet im Farbfilm Verleih in den deutschen Kinos.

www.invisiblesue.de